Maman, je t'aime…

Chérif Zananiri

SCZ1.1

Maman, je t'aime…

Chérif Zananiri

Alors que tout est lent, endormi un peu dolent, une inéluctable tragédie a lieu dans la ville, presque banale, prévisible. Petit drame de tous les jours ; le monde ne va pas s'arrêter pour si peu…

Rémi, 21 ans, ne rêve que d'une chose : retrouver sa mère.

En étudiant consciencieux, il s'assure d'avoir terminé le mémoire fait en commun avec Marie et Boris, puis, lorsqu'il estime le temps venu, il passe de place en place et se remémore les doux moments vécus avec Louise. Celle-ci lui apparaît belle, amoureuse à fleur de peau et surtout mère : merveilleuse, généreuse, parfois emportée, toujours attentionnée.

Tout pourrait être simple si ce n'est que maman-Louise est décédée le jour où Rémi fêtait ses 5 ans.

C'est entre rêve et réalité que Rémi entame la préparation de son ultime voyage.

Chapitre 1

Mardi 22 mai 2018 à 7h30
Une pluie d'été venait de mouiller les arbres du boulevard, et les feuilles trempées par l'averse, laissaient encore une rosée s'écouler goutte à goutte. Les trottoirs brillaient et le soleil jouait sur les vitres troublées des taxis. Rémi ferma précautionneusement son parapluie, le tint éloigné pour ne pas mouiller son pullover. Il s'engouffra dans l'escalier qui menait au métro, et sans un regard pour les panneaux publicitaires, avança jusqu'au quai.

Rémi aimait le métro, même s'il n'avait jamais connu le claquement de ses tubes de fer, l'indifférence de la poinçonneuse de tickets, qui, peu à peu couverte de confettis verts et fous, semblait chaque soir la reine lointaine d'un carnaval trépidant. Ce matin, il se sentait terriblement dispo et léger.

Sitôt entré dans la bouche tiède, il lui sembla qu'un petit hasard bienveillant à chaque minute, le poussait dans la bonne direction ; même les employés du métro, généralement maussades, arboraient un sourire éblouissant. Voici qu'en accédant au quai, il se trouva côte à côte avec une femme superbe au port aristocratique qui lui jetait comme par inadvertance, un regard en biais dans lequel il discernait une flamme assoupie.

Rémi dans la même voiture que l'inconnue, se disait que cette femme était certainement mariée à un homme très riche qui ne pensait qu'à ses affaires. Elle était délaissée, trompée, même affreusement déçue. Ce matin, Remi se sentait pousser des ailes et se croyait capable de consoler les plus inconsolables.

Il crut qu'en réponse à son sourire, les longs cils de l'inconnue battaient plus fort. Le garçon versatile était heureux. L'avenir était à lui.

Dans la voiture, Rémi se laissa tomber sur la banquette du wagon, heureux quoique fatigué. Il sortit un livre mais n'eut pas le courage d'y fixer son attention et, sans curiosité, regarda les autres voyageurs s'affairer ou somnoler. Des femmes élégantes passaient dans un flottement de tissus légers et une atmosphère de parfums violents. Des jeunes filles se rendant au collège se renvoyaient des rires comme des balles de tennis. Il regardait cela sans le voir, les yeux incapables d'accrocher une pensée aux images enregistrées. Il lui semblait que chaque geste nouveau, chaque attitude inédite était pourtant du déjà-vu. Et malgré le bruit, le brouhaha, Rémi ne pouvait sortir de ses vagues pensées.

Le train roulait, la pensée de Rémi allait dans le vide. De son coin, par-dessus son journal, une brune piquante observait ce beau jeune homme à l'air songeur, à l'allure nimbée de tristesse et, curieuse comme sont les femmes des choses du cœur, se demandait comment pouvait bien être celle qui occupait sa rêverie. Mais Rémi ne renvoyait aucune image précise. Par sautes brusques il auscultait le vide de son cœur. Et, comme honteux de lui-même, il s'affirmait avec conviction que rien jamais ne saurait l'emplir. Ah ce pauvre cœur, malheureux de ne pas l'être, souffrant de ne pas souffrir. Car il se savait destiné à quelque grande passion, il ne l'attendait plus, il l'avait. Le train ralentit, s'immobilisa, on changea de voyageurs.

Mais un autre convoi, venant en sens inverse s'immobilisa à son tour devant le sien, lui barrant le paysage. Il allait maudire la RATP et son organisation, lorsque là, devant lui, il aperçut, lisant tranquillement, dans le coin de son compartiment, un jeune visage dont le charme touchait au divin. Etait-ce l'effet de ses pensées ou bien celles-ci étaient-elles plus belles encore que son imagination pouvait le concevoir ? De se sentir fixé étrangement, le divin visage se tourna doucement et regarda. Ses yeux rencontrèrent ceux de Rémi et s'y attachèrent. Il sentit alors que sa vie aussi était fixée à jamais par ce regard unique. Et, comme il voulait graver plus profondément dans sa mémoire la vision entrevue, les deux trains poursuivirent leur chemin.

Bientôt l'arrêt à la station de métro. Il se dressa ; voici que la dame au regard assoupi se leva à son tour. Le métro rendait à la rue la cargaison de voyageurs. Mais Remi ne sentait rien, il suivait dans l'ombre, le sillage parfumé de la passagère du métro. Il voguait encore en plein ciel et sa madone n'était pas la femme des sentiers battus ; sans doute aimait-elle promener sa solitude mélancolique au long des vieilles pierres. Pourtant, ce fut drôle, disons curieux, on dirait qu'une légère angoisse étreignait le jeune homme. Après tout, l'aventure était au coin de la rue ; mais en avait-il le temps ? Non, pas aujourd'hui ; jamais ! Trop tard ! La madone se retourna, elle sourit cette fois de toutes ses dents. Elle faillit parler, elle se ravisa et laissa Rémi à deux pas de son université.

Rémi avait une physionomie originale : tête intelligente et belle qui peignait gaiement la bonté, la noblesse, l'intrépidité ; corps souple où l'élégance le disputait à la force. Ses cheveux châtains, bouclés mais courts, s'échappaient crânement d'une petite casquette qu'il ne quittait que devant ses professeurs. Il avait le regard doux, clair et presque imposant à force de franchise. Sa taille, qui était haute pourtant, semblait à peine dépasser la stature commune, à cause de ses heureuses proportions. Au son de sa voix et dès le premier mot, on était subjugué par autant de charme.

Rémi était un jeune homme de vingt ans, dont la beauté attirait tout autant le regard des hommes que celui des femmes. Les jeunes femmes rêvaient à un compagnon de lit, les moins jeunes aussi.

Pourtant, à y regarder de près, on devinait par moment un cœur triste et un esprit morose. Il était mélancolique, et depuis peu, ne riait plus. Toutefois, il s'aperçut que le grand bonheur était à portée de main ; il était redevenu alors gai, vif, sémillant. Il passait de l'hiver au printemps. Il était jeune et il aimait rire. Avec lui, ce seraient tous les jours des promenades, des bals, des fêtes pour la fiancée promise. Ah ! que les belles seraient fières de se promener au bras de ce beau cavalier, dans les rues de Paris, au milieu des autres femmes qui toutes envieraient et la toilette et l'amant ! De tout cela, Rémi n'en avait cure ; il avait des projets devenus mûrs qu'il devait conclure dans la journée.

***

Rémi était un garçon avec lequel la nature avait été généreuse, si on oubliait la tristesse qui l'avait habité lorsqu'il perdit sa mère ; il avait alors cinq ans.

On oublie vite à cet âge, dit-on ; mais cela n'est pas vrai. Pendant les premiers jours, il parlait beaucoup de sa mère. Il demandait : « Où est maman, je veux voir maman. »

Mais dans la maison, Mathilde, sorte de gouvernante, très brutale, le rudoyait, et lui disait : « Veux-tu te taire, vilain monstre. Ta mère est à l'ombre, voilà. Et elle ne l'a pas volé ! »

Et il pleurait. Comme on le punissait lorsqu'il parlait de « maman », il finit par croire qu'il avait tort d'en parler, qu'il avait tort de parler, qu'il devait se taire. Il ne prononça plus ce mot. Peut-être même qu'il en perdit le sens.

Par la suite, lorsqu'on lui disait : « Ta mère est morte », il ne pleurait même pas. Quant à son père … il s'enfermait dans son bureau et interdisait à Rémi de geindre et de pleurer, étant lui-même fort triste.

C'était une sombre vie. Sa mère lui avait appris à lire, mais, comme on ne lui donnait pas de livres, il oublia le peu qu'il savait. Enfin, on le mit en pension. Il crut dur comme fer que c'était Mathilde qui avait décidé cela parce qu'elle voulait se débarrasser de lui. Son père choisit une pension très éloignée, ni dans la ville, ni même dans le département. Sans doute pour qu'il ne fût pas tenté d'aller le voir. C'est ce qu'il comprit longtemps après.

Sa vie d'écolier fut triste et morne. Son père ne lui écrivait pas. Même pendant les vacances, on ne venait pas le chercher. Il était comme exilé, déporté dans cette espèce de collège. Une chose le soutint : l'amour du travail et du travail bien fait. Il se précipita avec une ardeur profonde dans la lecture, dans l'étude et fut un bon élève. Comme il était triste, quand venait le jour des distributions de prix, de voir tous les élèves embrassés par leurs familles, tandis que lui, tout chargé de livres et de couronnes, n'était jamais félicité !

Et cependant l'amour filial se développa en lui, très vivace. Malgré l'absence, malgré l'oubli, ce sentiment si ardent, si passionné chez la plupart des adolescents, s'empara de lui très violemment. Son père, qu'il avait à peine vu et dont le visage se mêlait dans son esprit aux tristes souvenirs de sa première enfance, lui inspirait un amour particulier. Il chercha des excuses à sa conduite. Il eut des espérances, de celles qui font tenir le cœur qui chancelle. Pourtant, le père demeura absent et Rémi, abandonné, décida de revenir chez son père aussitôt son bac en poche.

Il rêvait d'un père enfin reconnaissant, mais le temps ne fit rien à l'affaire ; il partit laissant son père taiseux pour le retrouver muet et distant.

Aujourd'hui, tout cela ne comptait pas. Il était heureux, il était prêt à franchir le cap. Il savait que ce jour était son dernier jour.

Chapitre 2

Rémi rêvait ; il rêvait dans un rêve, comme les poupées gigogne qui se serrent les unes dans les autres. Il ne savait pas où il en était. C'était hier, la veille, ou demain. Il était perdu dans l'espace et le temps. Il dormait. Il avait soif, il était tard.

Rémi quitta son lit et but à même le robinet de la salle de bain. Il regarda sa montre, il n'était que dix heures, à la fois trop tôt et trop tard, il décida de faire quelques pas.

Il prit la direction d'un petit chemin de terre qui s'enfonçait dans les bois, derrière la maison. Il marchait tranquillement, écoutant le bruissement des feuilles, le chant des oiseaux. Il arriva devant une petite clairière et sourit en se souvenant qu'il avait l'habitude de s'y réfugier lorsqu'il était enfant, pour s'allonger dans l'herbe afin de lire. Il s'avança davantage ; s'il ne se trompait pas, il lui semblait se rappeler qu'il y avait un peu plus loin, un tronc d'arbre sur lequel il aimait s'asseoir autrefois pour réfléchir.

Il s'arrêta net. Le tronc gisait bien là mais il était occupé : une jeune femme se reposait dessus ; il ne la voyait que de profil mais il fut tout de même touché par sa beauté. Sa peau était pâle et ses longs cheveux blonds cascadaient sur ses épaules. La couleur de ses cheveux avait quelque chose de fascinant, ce n'était pas une teinte commune, mais un blond aux tons changeants, qui la faisait ressembler à une flamme vacillante. La brise les faisait doucement onduler autour de son visage, et les yeux clos, elle appréciait visiblement cette douce caresse. Elle portait une longue robe noire dont l'étoffe légère, gonflait et ondulait suivant le souffle du vent. Elle était assise sur le tronc, les mains posées sur le bois, les bras le long de ses flancs. La tête légèrement inclinée sur le côté et les yeux clos, elle semblait écouter une musique qu'elle était seule à entendre. Il n'osa pas bouger et durant un instant il avait même retenu son souffle devant une telle apparition.

Il prit une grande inspiration et se décida à tousser légèrement pour signaler sa présence. Elle ne sursauta pas mais ouvrit les yeux et tourna la tête vers lui, un léger sourire aux lèvres. A ce moment-là, ils s'observèrent silencieusement pendant une minute ou une heure ; qui sait puisque le temps s'était arrêté ! Il eut le sentiment très étrange que durant cet instant précis, ils avaient glissé hors du temps. Leurs regards se croisèrent … il eut la sensation de tomber dans un lac, de découvrir un endroit inconnu et mystérieux, où l'eau limpide et pure était d'une couleur inhabituelle.

Le visage de l'inconnue ne lui était pas indifférent ; elle avait les mêmes tics que sa maman ; cette façon si singulière de hocher la tête en sifflant avec le coin de ses lèvres pour signifier qu'elle n'y pouvait rien. Elle lui sourit, fit un geste de la main, invitant à s'approcher.

- Viens mon petit…
- Maman ?
- Oui, viens Rémi.
- Maman-Louise ? Quelle joie, maman ; comme tu me manques !

Rémi, enfant, s'approcha de la dame et offrit son front qu'elle baisa. Elle le souleva comme s'il se fût agi d'un fétu de paille et l'installa sur ses genoux.

- Quand se verra-t-on ? demanda-t-elle.
- Quand tu veux maman.
- Non, pas vraiment, je ne décide de rien, c'est toi le maître de ton destin.
- Tu me manques, maman chérie. J'ai besoin de toi.
- Mais il y a papa…

- Pas vraiment, il est très occupé.
- Son travail ?
- Oui, sans doute, et puis… il se fiche de moi. Je ne dois pas compter pour lui. Il travaille tout le temps et quand j'ai besoin de lui, il n'est plus là. Tu me manques, maman.
- Je sais, toi aussi, tu me manques, dit l'ombre de la femme blonde.

Rémi notait que l'image s'effaçait progressivement.

- Attends maman, ne m'abandonne pas.
- Je dois partir, mon chéri. Mais tu viens quand tu veux. Je te prendrai dans les bras et nous serons unis, comme jamais nous ne l'avons été.

Puis l'image disparut et Rémi se trouva seul devant le robinet au-dessus de son lavabo, les idées en feu et le cœur tourneboulé.

Chapitre 3

Mardi 22 mai 2018 à 7h45

Rémi se préparait à gravir les deux étages du bâtiment des laboratoires. L'appariteur l'entendit monter l'escalier par bond, comme si la jeunesse le soulevait. L'homme qui ne quittait sa loge que pour distribuer le courrier, courut derrière lui :

- Rémi, une lettre pour toi.

La relation légère et bien établie des *bonjours* que Rémi entretenait avec le concierge, devait être la seule que l'homme rencontrait dans sa journée, tant il était entouré d'étudiants distraits et de professeurs prétentieux. Cette sucrerie du matin, permit à ces deux êtres que rien ne reliait, de se connaître et, à minima, de se respecter.

- Merci Monsieur Moreau, répondit Rémi. C'est de la part de qui ?
- Ta copine, pardi !
- Ah ! parce que j'ai une copine ? dit le jeune homme, le regard interrogatif.
- On ne sait pas ! C'est ce qu'on dit à celui qui reçoit un mot doux de la part d'une belle étudiante.
- Alors, merci.

L'homme retourna à sa loge, Rémi, prit l'enveloppe et jeta distraitement les yeux sur son nom écrit en lettres capitales ; il n'en connaissait pas l'écriture. Elle semblait d'ailleurs impersonnelle. Il poursuivit sa montée tout en décachetant l'enveloppe d'un geste machinal. « Quelle copine ? pensa-t-il. Puis une copine qui apparaît sans crier gare, sans se présenter et au plus mauvais moment ! »

Elle contenait un méchant bout de papier qui portait quelques mots tracés au crayon : « Je suis en 212 ».

Une petite signature en bas de la feuille : Marie. « Bien sûr, Marie. Marie, la facétieuse. Faut croire qu'elle ne peut pas envoyer un texto ! »
Rémi avait la tête ailleurs, surtout depuis qu'il avait acquis la certitude que sa maman était morte de chagrin.
Il en avait la conviction devant le silence de son père, mille fois interrogé.
Un jour, le père, sans doute travaillé par le remords de son indifférence passagère, le prit par la main et l'entraîna dans un petit bois de sapins et de bouleaux. Dans un rond-point garni de bancs rustiques, Rémi-enfant s'arrêta

-	On reste là ?
-	Si tu veux.

Alors, tout en partageant les jeux de son fils, le père, assis sur le sol, aida le garçon à construire de minuscules cabanes avec des brindilles. Rémi se plongea dans le passé, se rappela la maison où pourtant il avait un abri assuré. Il songea à son père, triste ombre qui néanmoins, méritait le respect.

-	Tu pleures, Rémi ? fit le père, en se serrant contre son fils.

Ses bras entourèrent son enfant, sa tête se courba sur la frêle épaule, et soudain il éclata en sanglots convulsifs.

-	Oh mon petit, mon cher petit balbutiait-il.

Rémi devait avoir cinq ans.

Dès lors, une idée fixe hanta le cerveau en ébullition de Rémi, ne le quitta ni le jour ni la nuit. S'évader coûte que coûte, échapper aux liens qui l'étreignent et surtout de ceux qui lui étouffent le cœur et menacent sa raison, Car il voulait savoir la vérité. Maintenant que le doute était emparé de son esprit, qu'il avait grandi, il attendait. Son père est-il coupable ou bien innocent ?

« On verra, se dit-il. Mais ce sera un peu tard. Qu'importe ! »

Les mots de pitié par lesquels l'un ou l'autre des amis avait tenté de l'apaiser n'avaient pas produit l'effet escompté. Ils avaient augmenté son désarroi et lui avaient fait sentir que vivre plus longtemps avec ce doute, avec cette détresse, c'était quelque chose d'affreux, au-dessus de ses forces. Rémi était résolu ; plutôt connaître la vérité que vivoter : bientôt toutes les audaces et toutes les imprudences pour recouvrer sa liberté. Si chère liberté ! Mais il ne pouvait pas partir sans crier gare ! Encore un bout de chemin à suivre.

Là, ce n'était pas du cinéma, mais de la vraie vie. Il ne s'agissait plus d'invention, de combinaison et de caractère. Eh bien la vie, la couleur de la vie, la voilà ! La vie, avec des images tombées vingt fois de leur béquille, et qu'il relève, et qu'il appuie contre sa pensée, pour qu'elle tienne encore un peu debout. Sa pensée fragile, aimable, légère, était fondée uniquement sur des sentiments diffus, épars, sans véritable racines et qu'il ne pouvait ni confronter ni asseoir.

A moins que son père n'y fût pour rien. Et si c'était lui le véritable responsable du tourment qui aurait emporté sa maman ?

« Et si ce n'était pas papa ? pensa-t-il. Et si c'était moi ? »

Il se disait qu'il valait mieux que sa réputation. Il avait déjà eu un tête-à-tête avec le bon Dieu, et était prêt à concéder qu'il n'était pas exempt de défauts. Il ne fallait surtout pas croire qu'il acceptait l'absolution qui lui est offerte. Il était bien trop habile pour cela. Il venait, au contraire, faire de son passé une confession sincère, en avouant au confesseur qu'il mourra dans l'impénitence finale. Il se croyait né avec des instincts mauvais et même cruels. Enfant, il aimait déjà à faire le mal avec raffinement et une sorte de volupté sauvage. Homme presque fait, les fougues du tempérament avaient ouvert un champ plus vaste et donné des appétits plus déréglés à son naturel. S'efforçait-il parfois de résister à ses penchants atroces et de les combattre ? Le vertige du mal l'entraînait, le précipitait en avant ; une voix de l'enfer lui criait marche ! Et il se jetait sur une mauvaise action avec l'ardeur d'un lion qui déchire une faible proie.

Quand il était tout petit, on appelait ces explosions et ces morsures d'un caractère indompté, *les diables bleus* ; avec le temps, ces diables couleur d'azur s'étaient espacés puis avaient disparu.

« J'ai fait mourir de chagrin ma mère que j'adorais ! Peut-être, je ne sais pas ; sûrement, j'ai dû lui donner le coup de grâce. »

Puis il se reprenait :

« Non, pas moi. Je l'aimais comme un fou ! C'est ma maman ! Mon Dieu, je suis méchant, fourbe et je joue de l'innocence des uns et des autres. Je ne mérite pas cette mère partie trop tôt. »

Il montait l'étage dans le bâtiment en songeant à son parcours universitaire, plus simple qu'il ne l'aurait cru. Heureusement qu'il avait grandi ! On lui en avait dit tant de choses : les mauvaises relations entre étudiants, du moins ceux qui prennent leur travail au sérieux ; les jalousies … Ceux que l'on désigne, ceux que l'on jalouse, ceux qui n'osent pas dire qu'ils travaillent dur, de peur qu'on les montre du doigt… nouveau monde un peu barbare, parfois compliqué. Pourtant, son tempérament l'avait protégé, entouré d'une sorte de coquille de laquelle il ne sortait que lorsqu'il se sentait en sécurité, entouré de ses amis, car il avait réussi à en avoir quelques-uns. Il craignait tant ceux qui jugent avant de réfléchir, sans doute n'ayant jamais réussi à construire le premier raisonnement…

Puis il pensa à Marie. Comment parler de petite amie d'une personne qui étudie comme lui et qu'il trouvait sympathique ? Terme bien fort pour une copine qui le binôme en travaux pratiques, qui rédige avec lui les compte-rendu et avec laquelle il n'avait jamais été question d'amitié au sens de Juliette et de Roméo. Peut-être avait-elle des espoirs, mais à plusieurs reprises, son silence éloquent avait déjà arraché espérances et illusions.
Il n'y avait pas à s'y méprendre. Si celui qu'elle aimait avait partagé son amour, il n'aurait pas pris le loisir de la réflexion. Sa réponse eût été immédiate, cri du cœur s'échappant avec impétuosité. Mais non, il persistait à se taire, le front baissé, fuyant le regard que Marie laissait tomber sur lui, un regard dans lequel il y avait de la stupeur et de la désolation.
Quelques jours plus tôt, il fallut s'expliquer.
Il s'était aperçu qu'elle ne lui était pas indifférente ; elle s'était rendu compte qu'il entrait de plus en plus dans sa vie. L'un et l'autre attendaient que l'autre fasse le premier pas qui tardait pourtant à venir. Puis un jour, ce fut Marie qui provoqua l'explication. Le garçon passa de toutes les couleurs et sans brusquer son amie, demanda du temps, puis après quelques instants ajouta :
-     Je ne sais pas si je suis fait pour ça, tu vois…
Elle trouva que le terme *ça* était faible pour désigner leur relation, mais s'abstint de répondre. Il demanda du temps, ajoutant : « Beaucoup de temps » et partit la queue entre les jambes comme si les rôles avaient été inversés et que ce fût lui qui avait hérité de la réponse

négative de la fille. Marie ne put retenir ses larmes, puis, sur le point de se séparer, elle s'approcha de Rémi, lui prit les deux mains qu'elle leva à hauteur de son visage. Elle les approcha de ses lèvres et y déposa un imperceptible baiser.

> - Je vois, dit-elle d'une voix pleine de tristesse, tu ne veux pas de moi pour véritable amie… Tu sais, mon amour est profond, sincère, et durable, car il n'est pas né d'un caprice, de fantaisie d'un instant. Tu pourrais dire comment il a grandi, comment il s'est fortifié, et comment, après avoir été pour moi, durant bien longtemps, un petit frère tendrement chéri, un copain comme un autre, tu m'es apparu un jour dans l'éclat de ta jeunesse comme un ami, le compagnon de … d'un bout… (Elle ajouta à mi-voix :) Toute une vie.

Rémi pensa à l'appel de la veille que Marie lui avait laissé chez sa logeuse. Il ne comprenait pas ou du moins, refusait de comprendre. De toute façon pour lui, c'était trop tard.

> - C'est vrai répondit Rémi. Tout ce que tu viens de me dire, je le sais ; je le sens. J'ai deviné tes sentiments dès leur naissance et c'est alors que j'aurais dû te faire comprendre que je ne pouvais être pour toi qu'un frère. Rien qu'un frère, avec toute l'affection, toute l'amitié qu'on peut ressentir pour une sœur qu'on aime.

Il voulait que Marie comprenne le sens de son rejet. Il ne voulait pas trop lui en dire, mais refusait de lui fendre le cœur par une réponse brutale qu'elle ne pourrait recevoir sans être blessée.

> - Je ne peux pas, répétait-il.

- Mais pourquoi ? Je pense que tu partages mes sentiments. Laisse-toi faire.

Pour toute réponse, il hocha négativement la tête pendant que ses yeux se mouillaient de larmes abondantes.

- J'ai eu tort, Marie. Je t'ai fait croire que nous pourrions nous unir, mais ce n'est pas possible. J'ai à faire.
- Mais l'un n'empêche par l'autre.
- Non, pas là !
- Tu es mystérieux…
- Comme la vie, comme le temps, comme l'espace, comme tout ce qui nous dépasse. J'ai un long voyage à faire.
- Pourtant… dit-elle, prête à soulever des objections, à imaginer des offensives verbales, des arguments pour atteindre son cerveau, croyant que son cœur était déjà acquis.
- Et c'est par moi que ton cœur est déchiré ! Mon Dieu, murmura le jeune homme, accablé par le coup qu'il venait de recevoir. Je suis toujours en retard d'une guerre.
- Je ne te comprends pas, fit-elle, si peu convaincue par ses arguments.
- Je ne veux pas te faire de la peine et ça me chagrine que mes paroles te causent autant de douleur.

Il se tut quelques instants et offrit à Marie un regard qui démentait tous ses arguments. Elle comprit qu'il avait sans doute des secrets et se promit de se remettre à l'ouvrage à la première occasion.

- Pourquoi es-tu là, finalement ?
- Mais pour travailler ! On attend Boris. Nous sommes un trio pour les T.P. On a commencé ensemble, on finira ensemble.

Pour ne pas sentir la gêne de ce huis-clos, en attendant l'arrivée du troisième partenaire, Rémi sortit les documents, les courbes expérimentales exploitées, son PC et fit mine de s'affairer.

Marie s'approcha de lui, passa derrière sa chaise et laissa glisser ses doigts le long de ses cheveux bouclés. Elle susurra des mots doux à son oreille qui eurent l'effet escompté. Il se détendit, ferma les yeux et profita de ces quelques instants pour se délecter d'une complicité insoupçonnée. Puis, comme réveillé en sursaut au milieu de la nuit, il se redressa, prit délicatement ses mains dans les siennes, les rapprocha de ses lèvres, puis lui fit non et encore non de la tête.

> - Pourquoi ? Oui, pourquoi ? Je ne m'explique pas le changement qui s'est produit en toi et qui m'étonne. Comment se fait-il qu'après autant de tendresse entre nous, tu te sois décidé brusquement à ne pas aller jusqu'au bout ? Que s'est-il passé ? Aurait-on dit du mal de moi ?
> - Non s'écria Rémi, jamais de la vie !
> - Alors pourquoi ?
> - Je ne sais pas, sans doute le destin.
> - Mais ça n'existe pas ! Pas de nos jours. Dis-moi tout. Même repoussée par toi, je te garderai toujours mon amitié. Si tu as un secret, tu peux me le confier. Dis-moi tout.

Rémi disait non de la tête, son visage se refermait, et il dut invoquer les saints disponibles pour que Boris poussât la porte et rompît ce tête-à-tête éprouvant.

> - Serait-ce qu'il y a une autre ?

La jeune fille ne fut pas maîtresse d'une soudaine irritation.

- Et quand cela serait ? fit-elle, en abandonnant le bras du jeune homme. Ne suis-je pas belle et désirable ?

Elle se hâta d'ajouter :

- Je ne dis pas que c'est ça, Rémi. Non ! Je ne dis pas ça.
- Tu es une magnifique petite sœur, ne m'en demande pas plus. Pas aujourd'hui.
- Mais je ne suis pas ta sœur !
- Je le sais bien. Enfin… ça aurait pu, et je ne serais vraiment pas coupable envers toi. Je ne t'en aimerais pas moins.
- Hélas, soupira Marie, je comprends bien qu'après m'avoir fait tant de peine tu voudrais me consoler un peu, me faire croire qu'entre nous ne s'est pas dressé ce qui doit nous séparer pour toujours. Je t'en remercie, mais c'est une illusion à laquelle je ne m'abandonnerai pas.

Rémi ne prit pas la peine de répondre, que la porte se poussait et que Boris rentrait, sourire aux lèvres et qu'il tendait à ses amis, un sac en papier contenant des croissants.

- Assez rigolé, dit-il ; on se bourre l'estomac de gras et de sucre, puis on bosse !

Chapitre 4

Le 22 mai 2018 à 8h5

- Ça va, les amoureux ? lança-t-il en poussant la
porte.

Boris était un beau jeune homme, si du moins on était beau lorsqu'on savait bien se tenir, que l'on portait une chemise propre et avait une barbe rasée de la veille. Il était gracieux, pétulant, d'un esprit vif et enjoué. Bon compagnon, bon ami, belle nature, optimiste : l'ami que l'on rêverait d'avoir. Avec cela de l'humour comme s'il en pleuvait, et une dent qui se savait mordillante au début, mordante par la suite, assassine à la fin. S'ajoutaient à cela, une intelligence vive et un sens physique naturel qui l'aidaient à réussir sans que son travail ne fût excessif. En peu de mots, un bon partenaire de T.P.

- Alors, ça va ?

Rémi et Marie se regardèrent, le garçon serrant les dents et la fille faisant un geste de la main, comme pour dire, que la plaisanterie n'était pas de bon goût.

- Bien bossé ? demanda Boris.
- Je crois, répondit Marie.
- Tu crois ou bien tu es sûre, reprit au vol le
facétieux copain.

Surprise par son ton, elle était sur le point de répondre lorsque Rémi fit un mouvement de la tête qui l'arrêta et de sa main, lui maintint le bras posé sur la table.

- Oui, tout est bon. Il le faut !
- Tiens, pourquoi cette certitude ?
- Parce qu'il le faut ; aujourd'hui, on doit tout
mettre au point ; on est tous les trois présents,
avec nos documents, nos mesures, nos
conclusions. Qui sait demain ?

- Tu pars pas en vacances demain ? Dis ?
- Non, mais qui sait de quoi sera fait demain, répondit Rémi, énigmatique.
- Je pensais que demain tu seras présent lorsque je présenterai ma partie de mémoire, fit Boris.
- Non, pas sûr.
- Comment ça ?
- Le plus simplement du monde. Pas sûr. Personne ne sait de quoi demain sera fait. Je peux avoir une obligation familiale…
- Arrête, tu me fais rire !
- Mais non ! Personne n'en sait rien. Il est possible que je sois obligé dès demain, de partir assez loin.
- Ah ! Tu ne veux pas nous dire où ?
- Non, c'est trop tôt, puis on n'a pas commencé à travailler.
- Donc, si on travaille bien, tu nous dis tout ?
- Je ne sais pas ! Pas important. On commence ?
- Non ! dit Boris avec le sourire ; pas avant d'avoir mangé ces croissants !

***

Boris mordait les croissants, comme on mord la vie : à pleines dents. Ce jour-là, également. Ce fut le jour de leur première rencontre lors de la rentrée universitaire, trois années plus tôt.

Rémi se revit, dans le parc de l'université, faisant les cent pas, cherchant un visage familier, un sourire, un geste pour se rassurer. Il était entouré par autant de visages tendus, sérieux, regard fuyant et tête basse, si basse que l'on croirait des promeneurs du dimanche à la recherche de champignons dans les sous-bois.

Les murs austères chauffés par le soleil d'été, renvoyaient la lumière qui passait par-dessus les clôtures. Quelques filles, beaucoup de garçons à peine sortis de l'adolescence, cheminaient seuls. Puis un éclat de rire, un étudiant découvrant un ancien congénère ; ils se tapaient sur le dos, puis, ravis :

- Quelle délicieuse surprise ! Tu es là ?
- Evidemment, comme tu le remarques, je suis moi ! Et je n'ai pas changé depuis le mois de juin dernier !

C'était, en effet, un copain d'internat que le hasard replaçait tout à coup sur sa route.

- Je croyais que tu faisais pharma…
- Eh non ! J'ai écouté les conseils de la famille pour te suivre.

Les deux jeunes hommes s'éloignaient de Rémi. « Ils en ont de la chance, ces deux zozos ! Moi, je suis seul… pour le moment ».

Anxieux devant cette nouvelle expérience, Rémi attendait le tournant : il avait trop souffert au collège, pour périr à l'université. Pour beaucoup, y entrer était la marque d'indépendance, de copinage, de sorties le soir et d'une vie nocturne, surtout à Paris. Ce passage était une délivrance de l'enfance, une page lourde et désagréable à tourner au plus vite ; c'était le moment où il fallait se prouver que le bon chemin pour devenir adulte, avait bien été pris…

La densité des promeneurs augmentait progressivement, à la mesure de la palpable tension qui régnait dans la cour. Rémi avait préféré partir avec une vieille chemise portant le logo de la BNP qui lui permettait de conserver quelques feuilles pour prendre les cours. Les doigts du destin, facétieux à souhait, le conduisirent à quelques mètres d'un porche, il avançait un pas, puis un autre en direction d'un carré de verdure au centre de la cour. Distrait, absent, le nez en l'air, Rémi traçait sa route jusqu'au moment du léger contact avec un autre étudiant ; imperceptible effleurement d'un cartable et d'une chemise en cuir, caresse de deux peaux qui firent choir les feuilles blanches dans les affaires de Rémi. Les deux jeunes hommes se figèrent, se baissèrent pour ramasser les documents et se firent un sourire.

Ce fut-là leur première amitié au sein de l'université. Ils savaient qu'un jour, la vie risquait de les séparer, qu'ils se perdraient de vue, comme il arrive trop souvent pour ces fraîches amitiés dont la vie nous sépare sans que nous sachions pourquoi. On garde un souvenir attendri et fidèle à cette intimité d'autrefois, de ces jeunes années où on avait mis en commun tant d'aspirations frémissantes et de rêves enchantés.

Les deux amis avaient pris le temps de mieux se connaître et acceptèrent de concert de se *binômer* pour les travaux pratiques. Pour ce premier jour, ils décidèrent à la fin de la réunion d'accueil, d'aller prendre un café au bistrot du coin de la rue ; un café-crème avec son croissant.

***

Les trois amis sur leurs sièges tourniquet, les feuilles étalées sur la table, étaient parvenus à se concentrer et à présenter mutuellement leurs travaux. Les mesures de Rémi semblaient convenir aux deux autres membres du trio, leur cohérence, leur précision et leur analyse étaient pertinentes. Celles de Marie portaient quelques doutes quant au protocole, mais habillées intelligemment, pouvaient à défaut d'abuser le jury, aller dans le sens de leurs hypothèses de départ. Lorsque vint le tour de Boris, on le vit tendu, nerveux, comme pris en défaut. Il balbutia, butta sur les mots, se reprit pour reformuler ses phrases et présenta tous les symptômes de l'étudiant impréparé. S'il avait pu, Rémi se serait levé et lui aurait secoué le paletot. Tout ce qu'il avait entrepris était pour lui, et le voilà, fragile, transparent et prenant le chemin de l'échec. Il se devait de le sermonner.

- Non, fit Rémi. Tu pars au massacre. C'est pas comme ça que tu sauves ta tête. Je te laisse pas faire !
- Je ne comprends pas, balbutia Boris.
- Parce que tu ne veux pas piger, s'empourpra Rémi. On est là pour faire un travail à trois. Trois têtes pour faire un joli mémoire qui ouvre la porte du succès ; un animal qui avance sur trois pattes, ne tient pas debout s'il y en a une qui s'écroule et là, Boris tu nous fous dans la merde. C'est pas cohérent, ça n'apporte rien et puis, pire que tout, la semaine dernière tu m'as rassuré, disant que tout serait prêt. Prêt à quoi ? Je veux comprendre… Je veux comprendre.

Confus comme un gamin pris le doigt dans le pot de confiture, Boris fit des gestes de la main pour que son ami baisse le ton, et grimaça quelques mots perdus dans le chuchotis de la salle de travail.

- Ça va aller, je vais m'y mettre…
- Mais quand ? Je n'ai pas le temps, coupa Rémi.
- Comment ça ? Tu nous quittes, demanda Marie, l'œil interrogateur.
- Oui, je vous quitte, mais pas avant d'avoir terminé. J'ai promis que tout sera fait, qu'on travaillera et que ma part ne vous fera pas couler et je tiens mes promesses. J'irai jusqu'au bout, mais là, ça dépasse mes limites.

- Je ne comprends rien à ce que tu nous dis, reprit Marie qui trouvait que la conversation prenait un tour malsain. Tu peux être plus clair ?
- Oui, je ne vous l'ai pas dit, mais j'ai un voyage à faire.
- Tu pars en vacances là, avant les examens ? Non, tu blagues ?
- Je ne blague jamais sur ces choses-là ; j'ai promis de vous accompagner ; j'irai jusqu'au bout. Pas au-delà. J'ai aussi des obligations que je dois respecter : on m'attend.

Les yeux de Marie devinrent rouges, pensant à une relation galante que Rémi lui aurait tue.

- Comment elle s'appelle ?
- Qui ça ? demanda Rémi.
- Celle pour laquelle tu nous quittes, poursuivit Marie.
- Ah ! parce que tu nous quittes, là, avant les exams, tu nous laisses en plan…
- Stop ! Je ne vous laisse pas en plan, je fais ma part et plus encore puisque je te secoue pour que tu fasses la tienne et que vous réussissiez. Ce qui me regarde, me regarde. Sitôt que le travail commun sera fait, je disparais.
- Disparaître comme par un coup de baguette magique ?
- Oui, exactement ! dit Rémi.
- Je ne vois pas ! fit l'ami.
- Pas grave, allez, sors ton travail, ou ce qui semble en être, on bosse.

L'analyse des résultats avançait et un nouveau protocole fut trouvé pour organiser la partie incombant à Boris. Il restait à chercher le technicien-préparateur pour que l'expérience pût être montée au laboratoire en début d'après-midi.

Sur le point de se séparer, Rémi prit ses deux amis par la main et leur dit :
- Il faut qu'on se voie là, au moins cinq minutes, j'ai à vous dire…
- Ça peut pas attendre l'après-midi ? On irait prendre un pot, on fêtera la fin de ce mémoire et tout et tout ?
- Non, ce sera court, j'ai besoin de cinq minutes. Autant le faire au foyer.

Deux canettes de bière et une de jus de fruit trônaient au milieu de la table. Les deux amis accoudés, se regardaient, attendant que Rémi s'ouvrît. Ce dernier prit le temps de vider sa bière avant de leur passer les bras autour du cou et de leur dire sur le ton de la confidence :
- Je dois partir.
- Où ça ? demanda Marie.
- Voir ma mère ! fut sa réponse, rapide, jetée comme un souffle, suffisamment fort pour qu'elle fût audible, mais pas au point qu'on en comprît le sens.
Marie savait que son ami avait des passages à vide. Elle le voyait partir un de ces quatre matins pour un de ces pays de cauchemar où les araignées sont géantes, et les serpents monstrueux. La forêt, la forêt humide, angoissante, silencieuse et, à la fois, si pleine de bruits, l'odeur lourde de l'humus, les miasmes de la pourriture de ses bois. Ou le désert, sans vie, brûlant et pour ainsi froid de vie. Les royaumes où tout ce qui vit ne connaît que la loi de l'instinct.

- Voir ma mère ; j'ai besoin d'elle, répéta-t-il sur le ton de la confidence.

Il dit bien d'autres choses, en phrases lentes, hachées, avec une sorte de pudeur et comme un soupçon d'ennui d'avoir à parler de soi.

Voilà trois jeunes gens, à peine soixante ans à eux trois. Ils étaient là pour bâtir un avenir, des jours au soleil resplendissant, une belle situation, un conjoint ou une épouse instruite, bien éduquée et capable de construire en commun une belle nichée. Pourtant, émanait de cette conversation à bâton rompu, un petit air de folie, puisque Rémi avait perdu la raison en perdant sa maman.

- Mais ta maman, commença Marie.
- Je sais, elle est partie. Mais elle me manque. Je n'arrive pas à vivre sans elle.
- Pourtant, elle est décédée il y a longtemps.
- Oui, tu as raison, confirma Rémi. Et depuis quelque temps, je n'arrive pas à m'en passer. Elle habite mes rêves, mon sommeil, ma vie.

Boris, complètement assommé par la confidence de son ami, se sentit muré. Il ne bougea pas d'un cil, incapable de parler, de réagir et, plus grave encore, impuissant à intervenir auprès de son ami pour le remettre sur la voie de la raison.

Chapitre 5

Le 15 mai 2002
« Maman je t'aime… »
C'était un éclat de lumière qui vous éblouit comme un pan de soleil. Quel âge avait-il ? Guère plus de cinq ans.
Une gifle, oui une superbe gifle. Et une deuxième sur l'autre joue.
Maman se leva et alla à pas de loup dans la pièce à côté. Assis par terre, Rémi pleurait toutes les larmes de son petit corps. Silencieusement, à gros sanglots étouffés. Maman distingua les traces de doigts, encore roses sur son visage.
Il la vit et se mit à renifler éperdument. Le chagrin contenu l'attendrit plus que des sanglots véhéments. Maman-Louise le prit dans ses bras. Il était inquiet, puis quand il devina que c'était sa tendresse qui lui faisait cette figure tout éplorée, il se blottit contre sa poitrine et balbutia :
- Oh ! maman !
- Eh bien, c'est fini ; il ne faut plus avoir de chagrin.
Il serra sa maman de plus en plus, comme s'il venait de la retrouver après une longue séparation.
- Maman, je t'aime…
Et voilà qu'à son tour, elle fondit en larme. Ils pleurèrent, enlacés, frénétiques. Ils pleurèrent un long moment. Ils se regardaient un peu étonnés ; ils esquissèrent un sourire et semblaient dire : « Non, mais, faut-il qu'on soit bêtes ! »
Le lendemain, elle repassait une blouse et Mathilde, lavait la cuisine à grande eaux, lorsqu'on sonna à la porte.
A la vue du visiteur, l'émotion l'a prise. Voilà six ans que cet ancien voisin était parti, six ans au cours desquels

aucun signe de vie n'avait été donné de part et d'autre. Et là, il était dans l'encadrement de la porte, sourire aux lèvres, le regard brillant.

-   Philippe ! Oh ! de retour ?

Incapable de proférer une phrase complète.

Il lui serra les mains de toutes ses forces et d'une belle voix timbrée :

-   Tu me fais plaisir…

Elle se força à sourire.

-   Installe-toi. Quel bon vent ?
-   Louise, tu es telle que je t'ai quittée. Je n'ai rien à modifier à l'image que je porte en moi.
-   Merci, toi non plus tu n'as pas changé, tu es pareil. Mais tu n'es pas là pour parler de la pluie et du beau temps. J'ai tourné la page…
-   Puis je vois ton petit ; c'est un beau petit homme.

Il fit une grimace, comme l'image d'un pincement de cœur.

-   Mais toi aussi tu devrais en avoir un, non ? demanda maman. Si du moins ce qu'on m'a raconté est vérité.
-   Non, … un accident de grossesse.
-   Mon pauvre ! Et comment se porte ta femme, elle a dû avoir un terrible chagrin ?
-   Denise… je suis veuf.

Maman demeura quelques instants muette de stupeur, puis bégayant presque :

-   Depuis quand ?
-   Presque huit mois.
-   Tu aurais dû nous le faire savoir ; négliger à ce point d'anciens amis, Philippe, je suis fâchée. (Elle se tut quelques instants, puis ajouta :) En dépit de notre passif commun.

-   A quoi bon ? Je ne voulais pas te revoir. Je n'osais
    pas… Me voilà…et j'ai tout accepté.
Louise ne semblait pas bien comprendre.
-   Mais qu'as-tu accepté ?
-   De souffrir.
-   Mais je n'y suis pour rien.
Il eut un geste de la main signifiant peut-être : « Qu'importe ! » Puis un vilain petit silence vint encombrer leur discussion. Gênée, maman osa assouvir sa curiosité :
-   De quoi ta femme, est-elle morte ?
-   Des suites de … cet accident…Elle n'avait plus
    de ressort ; tu comprends ?
-   Et… son humeur ?
-   Oh, elle avait bien changé. Du matin au soir, elle
    me ressassait : « Mon pauvre ami, tu n'as pas de
    chance avec moi ; je vois bien que je suis une
    charge pour toi ; il vaudrait mieux que je meure ».
    Puis des larmes, des larmes. Jusqu'au dernier
    moment, je n'aurai pas connu la paix, cette paix
    que j'ai tant souhaitée. Nous avons eu des jours
    heureux autrefois ; je n'ai plus à me souvenir que
    de ceux-là…
Louise aurait aimé dire un mot de consolation, mais aucun son ne parvenait à quitter le fond de sa gorge : trop de chagrin, de souvenirs douloureux.
-   Je suis seul et fonder un nouveau foyer…
    comment dire, je n'y pense pas pour le moment et
    si je suis là, c'est dans l'espoir de renouer les fils
    distants de notre amitié ; tu es, Louise, mon
    secours, mon amie…
-   Je suis ton amie ? Je ne sais pas… mais je suis là.

Philippe se tut, sans doute ayant trop à dire et ne sachant pas quel bout commencer. Il haussa les épaules, puis ajouta :
- Laissons ça.
- Je veux savoir.
- C'est trop tôt. Je voulais juste te voir, besoin de te voir ; tu sais, un besoin c'est toujours douloureux. D'ailleurs, je m'en vais.
Il se redressa, s'approcha de Louise et lui dit :
- Puis-je venir en visite de temps en temps.
- Pourquoi pas…
- Hélas, je ne te verrai jamais assez…
Il partit répétant à l'infini et comme pour lui-même : « Je ne te verrai jamais assez ».

***

« Maman, je t'aime.
J'aime la folie de notre maison avec son désordre apparent, sa vitalité, les visites des invités de tous rangs. Chez nous, les murs retentissaient de rires et de joyeux éclats de voix. Tout le monde semblait heureux : maman était joyeuse et papa s'était fait un nouvel ami avec notre voisin. C'était du moins ce que je croyais alors ».
Maman n'avait toujours pas dit à Philippe, le voisin, qu'elle l'aimait. Vraiment ; il s'en doute, peut-être. Elle tremble qu'il s'approche trop d'elle ; il lui prend parfois l'envie de pleurer sur son épaule ; elle suit des yeux le mouvement de ses mains ou de ses lèvres avec une douce tendresse qui se change vite en une folle envie de l'embrasser. Il ignore que Louise, sous un rire strident, cache une émotion forte qui pourrait la livrer toute. Il ne sait pas qu'elle est prête à lui appartenir, les blessures du passé n'étant pas cicatrisées, que ses nuits agitées le

38

réclament presque douloureusement et que son cœur, tout le jour, s'amuse à scander des : « Je t'aime, je t'aime » presqu'à l'infini.

Elle ne pouvait pas s'ouvrir à lui ; elle préféra prolonger à plaisir son ignorance. Elle était devenue coquette. Elle éprouvait d'infinies jouissances à voir rougir, ou pâlir subitement son visage mâle aux doux yeux gris qui s'accrochent constamment dans son âme, au visage malicieux de Rémi.

Il ne sait rien, le tendre ami. Il a parfois de vagues certitudes qui se changent aussitôt en doutes éplorés. Il ne sait pas, parce qu'il n'ose y croire. Jours merveilleux dont la fin viendra trop tôt, viendra trop vite. Jours merveilleux qu'elle n'a plus la force de prolonger tant son amour a de bouillonnements, de puissance et d'exigence.

Peut-être demain, dans un accablement, une langueur, un désir, oui, demain sans doute, elle cèderait, comme elle céda jadis ; mais pour longtemps.

***

Les images se bousculaient, c'était tout juste si Rémi se considérait maître de son propre cerveau. Les saisons défilaient, la neige et le soleil d'été survenaient, puis disparaissaient et de temps en temps, il apercevait les têtes souriantes ou sévères de ses parents. Soudain, son père apparut, assis dans un fauteuil, un journal entre les mains, maman-Louise le regardait avec sévérité ; elle n'avait pas réussi à convaincre son mari à lui acheter la voiture qu'elle espérait. Qu'avait-elle de plus qu'une autre ? Sans doute rien d'essentiel, mais elle lui semblait mieux dessinée, plus élégante ; de quoi attirer les regards.

Non pas qu'elle en eut besoin, mais pourquoi se priver lorsque la bourse le permet ?

-   Je te remercie de ton amour, un peu moins de ton argent.

Elle le regarda d'un air si hautain, qu'il s'empressa de dire :

-   Je souffre quelquefois de ta fierté ; mais je t'aime mieux ainsi. Beaucoup de femmes s'abaissent dans le mariage or, moi, je pense qu'une femme qui vend ses baisers à son mari, est capable de les vendre à un autre. Je désire donc que tu veuilles me considérer comme ton caissier.

Maman Louise fut attendrie de tant de générosité. Elle lui tendit la main.

-   Tu es le plus noble et le meilleur des hommes, lui dit-elle.

Louise aimait-elle *Papa* ? Sans doute était-elle touchée de cet amour exclusif et dévoué, trop exclusif, trop dévoué, trop admiratif peut-être pour montrer les exigences, les impétuosités, les ardeurs égoïstes de la passion. Or, Louise, plus sensuelle que tendre, ne savait pas toujours apprécier les exquises délicatesses de *Papa* … du moins lorsqu'il en témoigna.

Au lieu des félicités pures, tranquilles, rêvées par lui, il lui fallait, l'amour qui donne la fièvre. Si elle n'eût jamais connu Philippe, peut-être se fût-elle contentée de la tendresse de son mari. Mais cet amour contrarié avait irrité son imagination, éveillé en elle des aspirations, des curiosités que l'amour conjugal ne pouvait apaiser. Il y a des natures calmes, constantes, faites pour le mariage, ce sont les plus nombreuses mais il en est d'autres pour lesquelles le mariage est un étau mortel : natures exubérantes avides d'émotion, parce qu'elles ont de la force nerveuse à dépenser, vite rassasiées parce que leur esprit inquiet aspire sans cesse à l'insaisissable idéal, natures d'artistes, en un mot, que le calme tue, que l'excitation seule fait vivre. C'était le cas de Louise.

Elle sentait confusément s'élever en elle des orages, des protestations, des désirs dont Philippe était le but ; mais encore était-ce bien-là de l'amour ? N'étaient-ce pas plutôt les émotions qu'il lui avait données et qu'elle cherchait à ressaisir ?

Etait-elle bonne ? Elle semblait parfois prendre plaisir à faire souffrir papa, à le contrister ; puis elle se jetait à son cou en pleurant, lui demandait pardon et savait trouver, pour consoler ce cœur qu'elle venait de meurtrir sans pitié, des câlineries, des tendresses adorables. Lui, avec sa bonté et son amour sans bornes, non seulement excusait tout, mais il eût volontiers demandé pardon lui-même des torts qu'elle avait envers lui. Il s'accusait de ne pas savoir l'aimer comme elle le méritait. Mais cela ne dura qu'un temps.

Cependant, une fois ou deux déjà, elle avait vu papa s'abandonner à la colère, une colère blanche, sans éclat, sans tempête, et qui néanmoins l'avait terrifiée. Mais il l'aimait tant ! Pourrait-il jamais se montrer irrité contre elle ?

***

Le lendemain, ils étaient au théâtre, maman-Louise avait apporté dans sa toilette une recherche inaccoutumée. Elle se faisait, disait-elle, une grande fête de ce spectacle.

Elle portait une robe de satin recouverte d'un fin réseau de dentelle noire. Le corsage faisait valoir la grâce voluptueuse de la taille et découvrait le galbe élégant des épaules. Un mince bandeau d'or relevait les cheveux qui retombaient par derrière en boucles massives. Sa coiffure

41

mettait en relief son profil énergique et faisait ressortir la blancheur de sa carnation, en opposition avec le brun de ses cheveux et de ses sourcils. Ce mélange de lumière et d'ombre rendait plus irritante encore la volupté contenue qui était le caractère même de sa beauté.

Maman était belle aux yeux de papa et aux yeux de tous les hommes présents au foyer du théâtre. L'amour irradiait de Louise, comme le rayon s'échappe du soleil, comme le parfum s'exhale des fleurs. Il semblait qu'on respirât auprès d'elle une atmosphère embrasée.

Il était un peu tard quand Philippe entra dans sa loge, son travail le retenant plus tard que prévu. On se demandait quelle était cette femme qui excitait la curiosité de la salle entière. Il remarqua l'attention dont elle était l'objet, l'admiration qu'elle soulevait et quelque blasé qu'il fût sur les succès de ce genre, cette ovation tacite caressa agréablement sa vanité.

Bien que le retard de Philippe lui causât une anxiété très vive, elle le salua avec indifférence, affectant d'être absorbée par le spectacle.

A l'entracte, maman Louise et *Papa*, se retrouvèrent avec leur voisin pour boire un verre au foyer.

- Vous m'attendiez patiemment, plus tôt…
- Tu le vois, sois tranquille, dit papa à son épouse.
- Ne t'offusque pas des boutades de ma femme, reprit le bon mari. Elle est assez jolie pour avoir le droit d'être capricieuse ! Parfois elle simule l'insensibilité, la dureté même, mais au fond elle est affectueuse et bonne.

La musique recommençait ; papa voulut se rendre aux toilettes.

Philippe se pencha vers Louise, et lui effleurant les cheveux de son haleine.

-      Que tu es belle ce soir, murmura-t-il, vois comme
       on t'admire.

La narine mobile de Louise se souleva et sa paupière
s'alanguit. En voulant regagner leurs places, son épaule
rencontra la main de Philippe. Elle frissonna.

-      As-tu froid ? demanda-t-il.

Elle fit « non » de la tête, lui sourit et se dirigea vers son
mari qui lui faisait de grands signes pour le retrouver.

Chapitre 6

Au petit matin du 22 Mai 1997

Les souvenirs se brouillaient ; Rémi ne savait sur quel pied danser. Des rêves dorés s'intercalaient avec des cauchemars, des scènes qu'il fallait oublier à tout prix.

C'était il y a tout juste 21 ans, il avait à peine deux minutes lorsqu'il aperçut son visage, on l'avait posé sur elle, sur son ventre ; elle lui avait souri, lui pas encore, il était frigorifié, elle l'avait réchauffé. Il criait aussi fort qu'il pouvait ; il ne savait pas pourquoi ; l'air passait bien dans ses poumons, mais son cri était comme un appel à toute la Terre pour lui dire qu'il était bien là, parmi les autres et qu'il prenait sa place dans cette grande famille humaine. A ses côtés, jamais un pas sans elle, toujours dans ses pensées.

Cela faisait neuf mois qu'ils se côtoyaient, or c'était la première fois que leurs visages étaient si près, mais déjà tellement de choses les rapprochaient. Ils apprenaient à se connaître petit à petit, il commençait tout juste à prendre des repères dans ce nouveau décor, lorsque des mains l'attrapèrent pour l'éloigner d'elle, il crut qu'il ne la reverrait jamais. Il hurlait à la mort, il criait de plus en plus fort ; une dame en blanc souriait et parlait de sa vigueur et de sa belle couleur rose.

Après avoir accompli tout un tas d'exercices avec réussite, il eut la plus belle des récompenses, il put enfin revoir son si beau visage qui ne l'avait plus jamais quitté, sentir la douceur de ses mains, entendre le son de sa voix. Son sourire était lumineux et son odeur, oui, son odeur… elle sentait la vie, sa vie.

Ils allaient faire un long chemin ensemble. Pas aussi long qu'attendu, pas aussi généreux qu'espéré, pas aussi heureux que rêvé. Mais tout n'était pas perdu.
C'était il y a 21 ans, il s'apprêtait à faire la plus merveilleuse des rencontres, une grande histoire d'amour naissait et aujourd'hui encore elle était loin de s'arrêter...
« Je vais te rejoindre maman… »

Au même moment, une nouvelle image apparaissait, une image plus récente ; son père revenait sur la scène, une véritable scène de théâtre. Il semblait en colère ; il avait en main l'objet de son courroux : une enveloppe qu'il avait interceptée. Elle renfermait si peu de choses, quelques mots d'une écriture masculine, marqués au crayon à bille.
« Mais de quel droit avait-il ouvert cette enveloppe qui ne lui était pas destinée ?
Décacheter une lettre, fût-elle adressée à sa femme légitime, constitue toujours de la part du mari un acte indélicat dont il ne pourra en aucun cas tirer quelque profit, et qui est tout simplement une atteinte à sa propre dignité et un outrage envers sa femme. Cela ne se faisait pas, pensa Rémi. De quel droit, papa ? »
Rémi imaginait sans mal les conséquences de ces quelques mots retrouvés, adressés par Philippe à Louise, du voisin à sa maîtresse, sous l'œil confiant du mari.
Il suffirait de faire appel à la confiance de sa femme pour se faire livrer les lettres sans recourir à des moyens honteux pour lui et insultants pour elle. Rémi aurait aimé crier de toutes ses forces, prévenir sa maman, lui demander d'être plus prudente.
Mais il n'y a pas une honnête femme au monde qui considérerait comme un acte loyal et digne l'interception d'une lettre adressée à elle, et il en est peu qui pardon-

neraient à leur mari d'avoir eu recours à des procédés de mouchard pour contrôler leur honneur.

« Maman, ouvre les yeux ; ne te laisse pas abuser, sois consciente des dangers d'un pareil écart avec la vie maritale. Maman, prend garde, sois prudente, tu n'es plus une adolescente à ses premiers émois. Mais maman… »

Le guéridon séparait maman et papa. Ils ne se regardaient pas. Ils souhaitaient que leur affaire ne fût pas une comédie sur la place de Paris, une pantalonnade pour devenir la risée de la ville. Il fallait rester digne, au moins aux yeux des voisins et des amis proches. Papa fit jurer à maman mille choses qu'elle admit sans mal et ils préférèrent croire que leurs mutuelles promesses de modération et de fidélité pourraient tenir la rampe. Au moins quelque temps.

Chapitre 7

Le 22 mai 2018 à 9h

Rémi était installé dans le parc. Seul, le regard dans le vide. Il avait décidé de ne pas prendre de repas ; à quoi cela servirait-il ? Autour de lui, d'autres étudiants, affalés sur la pelouse, parfois un livre à la main, un sandwich sur les genoux, discutaient avec véhémence. Sur un banc voisin, un couple se bécotait avec application ; eux aussi, étaient seuls au monde.

Plus loin, sur un autre banc, Rémi crut se reconnaître ; il avait dix ans à peine et il pleurait. Il n'était pas ce que l'on peut appeler un enfant en sucre, mais il ne méritait pas ce qu'il vivait. Dans la vie, on est toujours trop quelque chose ou pas assez autre chose, dans notre apparence, dans notre façon d'agir, dans nos interventions, et Rémi, à dix ans, avait le don d'irriter les autres enfants.

Son harcèlement scolaire avait commencé à l'école primaire. C'est drôle ; on dit souvent que les enfants sont mignons, mais ils peuvent aussi être très cruels. Monstrueux. Rémi aimait lire, apprendre, écrire et souvent il se laissait aller à la rime. Bien entendu, ce n'était que des vers de mirliton, mais il était tellement heureux lorsque la fin du vers tombait à point pour que la rime parût naturelle.

Pour lui, l'école était une grande récréation ; pour les autres, *pour eux*, l'école *c'est nul*. Ils aimaient la bagarre, les ragots, les matchs sans fin de football. Pas lui. Pourtant, combien de fois s'était-il essayé à s'intégrer à leurs parties ; il leur prêtait ses affaires. En vain.

Au début, ce furent des insultes et de plus en plus salaces, au fur et à mesure qu'ils grandissaient. Sur lui, sur sa mère. Combien de fois il fut étranglé, on le suspendit au porte-manteau. Il hurlait, mais cela attisait la bêtise des autres… de la meute.

Les claques. Les coups dans le ventre. Et l'abandon. Cette sensation d'être la peste lui-même, ce désespoir… et personne à qui demander de l'aide. Les maîtres trop distants, la famille indifférente et absente, un père occupé et une mère partie pour son long voyage qui ne pouvait offrir que le souvenir de sa douceur et de son amour.

Il souffrait, il voulait mourir, rejoindre sa maman ; sa maman si loin installée.

Il en vint à croire qu'il avait une tare le rendant ridicule ou asocial, un oublié de la nature, un disgracié dont la détresse ne se mesure pas à son degré d'infirmité. C'est un fait d'observation bien connu que, le plus souvent, le pauvre honteux, est dans une situation plus navrante que le nécessiteux reconnu. C'est ainsi que les tares légères de l'intelligence, ou des sens, même les plus ténues et les moins visibles, n'en occasionnent pas moins des désastres cachés et ne le cèdent pas en répercussions lointaines aux lésions plus profondes et aux troubles plus apparents. Qui d'entre nous, dans son enfance, n'a connu de ces petits souffre-douleur, graduellement rejetés au rang de parias, d'abord tournés en dérision, plus tard roués de coups, finalement traités comme des innocents ou des bouffons professionnels ?

Pour lui, il n'en était rien. Il se dit que la tare devait être plus profonde et de ce fait, cachée. Puis un jour, tout fut pire que tout ; pour son entrée en sixième le harcèlement redoubla. Peut-être avait-il grandi quelques mois avant les autres et sa maigreur le faisait ressembler à un épouvantail, sans doute que les verres épais de ses lunettes étaient matière à le ridiculiser. Il s'aperçut de toute façon, qu'il ne pouvait compter ni sur ses maîtres qui riaient encore plus fort de son accoutrement, ni sur son papa qui avait autre chose à faire.

Il avait une dizaine d'années ; c'était l'après-midi et l'école assurait un goûter sous forme de quelques gâteaux secs distribués aux pensionnaires. Sur le point d'emporter sa ration, il fut bousculé par Luc, le plus hargneux du groupe, celui qui se faisait passer pour le caïd autoproclamé de la section. Le gâteau quitta sa main et avant même qu'il arrive au sol, d'autres mains l'avaient empoigné et l'avaient lancé à quelques mètres de là, devant les yeux apeurés de Rémi. Celui-ci regarda autour de lui, et ne vit que haine et mesquinerie ; il savait qu'il lui fallait braver ses camarades à tête de voyous. Le gâteau tomba dans une flaque d'eau et Rémi s'empressa de l'en sortir. Il tenta de le sécher, mais s'aperçut qu'il était recouvert d'une pellicule de boue. Il se dirigea vers la corbeille pour l'y déposer. Luc, s'en apercevant, plongea la main dans la corbeille, retira le goûter et se précipita sur Rémi.

- Venez les gars, j'ai besoin d'un coup de main, dit-il.

Trois zozos arrivèrent, prirent le pauvre garçon à bras le corps et le forcèrent à s'installer sur le banc.

- Alors on a faim, puis on n'a plus faim et on jette le gâteau ? Pas bien de refuser sa ration ! Tu vas la manger, cria-t-il à Rémi en faisant un geste éloquent à ses amis.

Rémi fut retenu ; un nouveau larron lui enfonça les gâteaux dans la bouche et pour s'assurer que le pauvre garçon les mangera, on lui pinça le nez. Rémi criait, se débattait, bandait ses muscles pour ne pas avoir à succomber à la bestialité de ses camarades. Il essaya de cracher, en vain ; la folie qui s'était emparée du groupe, ne pouvait s'arrêter que par la reddition complète. Il poussa au fond de sa gorge, la pâte humide et mélangée à la boue. Il déglutit, en larmes, dans l'espoir que son désespoir pût militer en sa faveur auprès de ses bourreaux. Il se sentait humilié, souillé devant les autres ; à croire qu'il appartenait à une autre race, celle des êtres de rang inférieur.

Il serra les dents et s'isola ; il savait qu'il ne lui restait plus que cela à faire.

***

Le soir de la même journée, on lui mit la tête dans la cuvette des W.C. et on tira la chasse d'eau. Il sortit complètement mouillé, les poumons en feu tant il eut peur de respirer l'eau. Misérable et malheureux, il partit se changer et s'assit sur son lit, un livre à la main, faisant mine de lire.

Que peut-on lire et comment comprendre le sens des mots après un tel injuste châtiment ? Rémi abandonnait à ses camarades sa place à l'internat ; il acceptait de devenir le souffre-douleur, celui dont la paralysie cimente le groupe. Seule la lecture parvenait par moment, à le faire sortir de son tête-à-tête avec lui-même. Puis il rêvait, il cauchemardait ; combat permanent et vain avec ou contre lui-même, selon les jours. Comment faire pour résister à cette bande de sauvages ? Qui fallait-il prévenir ? Comment se protéger de leur folie ?

Au cœur de son lit, Rémi crut voir une ombre, un vieux monsieur.

- Monsieur, qui êtes-vous ?
- Je suis ton grand-père ?

52

- Mais mon grand-père est mort !
- Oui, bien sûr ; quel mal y a-t-il à cela ? Allez, viens avec moi.
- Mais je ne veux pas mourir, je veux devenir grand, il y a tant à faire.
- N'aie crainte, tu auras le temps. Regarde-moi, j'ai à te parler.
- Moi aussi, ici personne ne veut m'écouter. On me laisse souffrir et tout le monde semble donner raison à cette bande d'abrutis.

Rémi dévisagea l'ombre de son grand-père ; le profil était différent et l'homme paraissait bien plus grand.

- Mais tu n'es pas mon pépé !
- Qu'importe, je suis vieux. Je suis le Passé. Oui, le Passé, c'est ça.
- C'est ce que je me disais, confirma Rémi.
- Tout cela est fort bien, dit le Passé en le regardant dans le blanc des yeux.
- Et maintenant ?
- Et maintenant, il faut que tu comprennes.
- Mais pépé, je comprends vite. Mais quoi ?
- Quoi ? c'est que tu n'es pas aussi gentil que ça ; tu mérites tout ce qui t'arrives. Tu te rappelles l'époque de ta maladie ? Aussitôt ta santé rétablie, la première chose que tu as faite, a été de dévaliser les arbres fruitiers du verger et de ravager les chères fleurs de ton grand-père.
- Oh ! un enfantillage !
- Un enfantillage, soit mais trois jours après sa mort, le digne homme qui t'avait tant aimé, tu ne te souvenais plus de lui.
- Oh Passé, mon cher Passé, que dites-vous là ?

- Je dis, continua le Passé, que voici une culotte que tu as usée aux genoux en jouant aux billes avec des vauriens de ton espèce à la porte du cimetière.

- Hélas ! je le reconnais ; les vauriens m'ont entraîné. Du reste, je ne tardai pas à être puni de cette faute. Je pars au collège ; je suis une grande perche. Vous savez, vous qui avez de la mémoire, que j'ai bien souffert. Mes camarades me battaient, les professeurs eux-mêmes me maltraitaient, vous savez cela... et Dieu que je pleurais.

- Ne mêle pas Dieu à ton histoire. Je sais aussi que tu n'étais qu'un drôle, paresseux, bavard, insipide et délateur ; tes camarades te battaient parce que, pour te faire bien voir, tu dénonçais leurs peccadilles. Je sais que méchant, cruel même, tu plaçais des épingles sur le siège du pauvre bonhomme...

- Qui ça ?

- Mais ton pion qui était forcé, pour vivre, d'apprendre à des polissons de ta sorte les verbes irréguliers en anglais. Je sais encore que, malgré de vives douleurs, l'infortuné surveillant supportait sans rien dire tes odieuses méchancetés. Je sais que, loin d'être touché par tant de dignité stoïque, tu éclatais de rire en le voyant boitiller.

- C'était mal, sans doute, mais je n'étais pas seul à faire ces malices.

- Des malices ! dis donc des lâchetés. Ah ! tu as voulu voir le passé, tant pis pour toi ; il faut regarder jusqu'au bout.

- Volontiers ! S'il y a dans ma vie de petites taches, il y a aussi de doux et d'honorables souvenirs.

- Bien peu. Veux-tu que je poursuive la liste de tes bêtises ? Tu as toujours été paresseux en sortant du collège, où tu avais été le cancre par paresse… veux-tu vraiment que je poursuive ? Allez, réponds !

***

Rémi était toujours dans le même parc ; le vieux monsieur avait disparu et était remplacé par une belle dame ; il crut voir sa mère. Il s'approcha, mais au fur et à mesure qu'il avançait, l'image de la dame s'estompait ; le rêve s'était dissipé. Rémi ne cherchait plus le plus beau jardin, le paradis terrestre.

C'est toujours dans notre mémoire que nous l'évoquons et le revoyons, c'est toujours lorsque nous étions encore presque enfants que nous l'avons connu, notre plus beau jardin, notre premier et seul royaume, celui qui fut pour notre éveil aussi merveilleux que le paradis terrestre, celui dont le mystère et l'attrait restent à jamais sans pareils ; le jardin des jardins qui nous révéla la beauté des choses, les parfums, le miel, la lumière, le chant des oiseaux, et où, pour la première fois, nous avons goûté l'ivresse du matin angélique ouvrant sur la vie ses ailes bleues, et compris amèrement, tendrement, pieusement, toute la tristesse et toute la douceur de l'expirant crépuscule.

Et c'était dans ce jardin que Maman-Louise l'attendait ; elle lui tendait les bras.

Chapitre 8

Le mardi 22 mai 2018 à 10h

Rémi s'approcha du banc sous le chêne centenaire et interpela sa mère. Elle s'approcha.

- Maman, comment vas-tu ?

Elle se leva de son fauteuil et se dirigea vers Rémi ; elle le serra dans ses bras.

- Comme tu as grandi ! Tu es devenu un homme, et quel bel homme !

Elle prit du recul comme on le fait au musée pour comparer deux tableaux.

- Comment va ton père ?
- Je ne sais pas, maman. Ça fait longtemps qu'on ne s'est pas vu. Mais c'est bien comme ça. Nous ne sommes pas souvent d'accord. Il paie mes études et je me débrouille pour le reste.

Elle lui offrit un magnifique sourire, celui d'une mère fière de son fils.

- Tu fais de belles études ?
- Oui, sans doute, c'est ce qu'on dit... Maman, comment vas-tu ?

Louise craignait le regard de son fils. Ce regard exigeant était redoutable. A peine était-elle, en face de lui, que cette crainte, à la fois vague et aiguë, de trouver en son fils un juge, se fondait dans la certitude que son fils l'aimait. Rémi jetait ses bras autour de son cou en criant :

- Ah ! maman.

Il y avait dans cette exclamation : « Ah ! maman » une si grande joie du présent, mêlée à tant de regret avec le bonheur du retour, la détresse et la cruauté de la séparation si longue. Elle s'éloigna de lui plusieurs fois, pour le reprendre dans la même étreinte, l'embrasser avec folie.

- Mon petit garçon, Rémi. M'aimes-tu, te souviens-tu de moi ?
- Maman, je ne suis plus un petit garçon, mais un homme. (Il se tut quelques instants et ajouta :) Et j'espère venir te voir bientôt. Peut-être ce soir…
- Est-ce que tu m'aimes ?
- Oui, maman, je t'aime oui, maman, je me souviens de toi.
- Et tu ne demandais pas à ton père de te ramener pour qu'on se voie ?
- Oui. Il me répondait sans cesse plus tard et je sentais bien que c'était inutile d'insister, de prier, de me fâcher, de pleurer.
- Tu as donc pleuré ?
- Plus d'une fois.
- Etais-tu malheureux ?
- Comment être rassuré sans toi ? Tu me manquais tous les jours et de plus en plus.

Louise se tut, heureuse de ce que lui disait son fils.

- Ma maman chérie, comme tu es belle ! aussi belle que lorsque j'étais petit.
- C'est vrai tu me trouvais jolie ?
- La plus jolie et je m'aperçois que je ne voyais pas avec mes yeux d'enfant, je voyais vrai.
- C'est toi qui es superbe, mon fils. Oui, superbe, je puis bien te le dire. car je suis sûre que tu ne tireras pas d'orgueil de tes qualités.
- Non, ce serait trop bête. Puis comment dire … je ne puis pas être laid, papa et toi, vous êtes beaux !

Dans l'esprit de Rémi, l'un et l'autre restaient unis. Rien ne les avait séparés ; rien ne devait les séparer.relat
Louise voulait être toute au bonheur de cette rencontre à laquelle elle songeait depuis toujours, avec une impatience mêlée d'appréhension, l'appréhension se

changeant en une joie d'autant plus profonde. Elle n'avait point devant elle le juge qu'elle craignait, avec la logique intransigeante de son âge, la sévérité d'une conscience que l'expérience n'avait pas adoucie, dirigée vers l'indulgence. Rémi était celui qui avait accompagné ses rencontres avec Philippe, assisté à ses gestes amoureux, entendu ses soupirs et ses promesses ; son fils, quoique enfant, était le témoin de son mensonge à l'égard de *Papa*.

Rémi sortait de l'enfance avec de grands yeux ouverts sur les réalités de la vie à travers le prisme de ses vingt ans. Une seule idée torturait Louise, le souhait de Rémi de venir la rejoindre. Partagée entre la joie de le retrouver et la peur de le perdre par ce rapprochement, Louise ne savait que dire. Elle se tut et progressivement son image disparut du regard de son fils.

Chapitre 9

Le 15 d'avril 2012

Bientôt la préparation du brevet. Rémi se voyait boutonneux, maigre, le visage have, encore plus filiforme qu'il l'était en entrant en sixième. Ses camarades avaient également grandi, tout comme leur faim de bêtises et de mesquinerie.

Rémi était devenu bon élève au lycée ; il travaillait correctement, surtout dans les disciplines scientifiques et avait gagné, sans mal, beaucoup de visibilité tant auprès de ses professeurs que des autres jeunes gens.

Les vexations changèrent de forme, mais jamais ne furent absentes : comment le pourraient-elles avec les mêmes élèves et le même souffre-douleur ? Le calvaire se poursuivait : des insultes, des coups sans traces pour ne pas éveiller les soupçons des parents, qui dans son cas, ne s'en préoccupaient guère, des vexations lors de repas, pendant les douches. On alla jusqu'à lui demander de faire exprès de ne pas réussir ses épreuves et ses devoirs. Il refusa obstinément ; on le gratifia de coups de poings supplémentaires dans le mou du ventre. Il en pleura des larmes de sang dans l'indifférence générale, mais il ne plia pas.

Combien de fois voulut-il en finir avec cette vie qui l'insupportait ? Il ne voyait pas le bout de ses souffrances pour lesquelles il ne pouvait s'ouvrir à personne. Il pensa alors à sa mère Louise.

-   Maman, toi qui es en haut, tu dois tout voir.

Il crut l'entendre l'encourager à poursuivre.

-   Tu vois bien que personne ne m'aime. Ils m'en veulent tous, comme si j'étais responsable de leurs misères, de leurs échecs. Ce sont des brutes. Combien de fois ils m'avaient insulté, baissé mon slip et fait des mises à l'air, rempli mon cartable de neige et de boue, retiré mon jogging pour le tremper sous le robinet... Et tout ce qui n'allait pas, c'était ma faute !

Pendant que Rémi se vidait auprès de Louise sa maman, il vit arriver le vieux monsieur.

- Vous revenez encore ? demanda Rémi.
- Mais oui, le Passé ne te lâchera pas de sitôt. Il te colle aux pieds, pour toujours. Pour que tu ne te plaignes pas à tort.
- Vous voulez dire que je mens ? s'irrita Rémi.
- Un peu, sans doute, répondu le vieux. Tu étais la mouche du coche.
- C'était donc ça, c'était donc moi le problème... pas les autres ?

Rémi refusait les reproches du vieux monsieur. Il s'approcha de Louise sa maman et pleura, comme lorsque petit enfant, sans raison apparente, il se répandait en larmes pendant des heures attendant qu'elle lui fît un petit câlin pour le calmer.

- Tu es capricieux, Rémi. Prétentieux, méprisant et égoïste. Tu es capable de te passer des autres, sous le prétexte qu'ils sont incultes ou bêtes. Tu seras seul toute ta vie ; pourquoi veux-tu qu'on t'aime ?
- Je le mérite bien, je suis tranquille !
- Sans doute, répondit le Passé, mais les gens, les autres, veulent que tu sois avec eux, que tu sois comme eux, juste comme eux.

Rémi regarda sa maman et chercha quelque réconfort. Il se mit à ses genoux et, comme par miracle, trouva un coussin pour l'accueillir.

Rémi n'avait jamais connu ces folles étreintes des mères qui n'ont pas de tendresse sans délire. Il y avait toujours eu dans sa vie, cette surveillance égale, cette affection correcte, cette bonté qui s'observait en l'observant. Il vénérait sa mère, autant et plus qu'il la chérissait. Elle n'avait jamais commis une injustice à son égard, ni de gâterie. Mais il la savait attentive à ses bonnes qualités, autant qu'à ses défauts.

Rémi ne lâchait pas maman-Louise du regard ; à son tour, elle semblait absente.

- Maman, j'ai besoin de toi.

Cela demeura sans réponse.

- Maman, ils me veulent tous du mal, ils me persécutent, je ne sais plus quoi faire, j'ai besoin de toi.

Maman-Louise ferma les yeux et Rémi se retrouva aussi seul que dans son collège.

Chapitre 10

Le 20 d'avril 2002

Rémi revenait de son école accompagné par Mathilde. Tom le chien l'attendait sur la pelouse, étendu devant la façade, prêt à se ruer à sa rencontre. Tom connaissait certainement les jours de sortie de Rémi, en en prenant note dans le calendrier de sa mémoire canine. Combien de fois, il avait couru à l'époque où Rémi se trouvait à l'école des petits ! Il s'assurait que son jeune maître était bien portant, le léchait avec amour et rentrait au galop, la langue pendante, comme s'il eût rapporté des baisers, pour rassurer les parents qui, plus sceptiques que les chiens, n'étaient nullement inquiets. Tom s'élança au cou de son jeune ami, qui entrait à la maison paternelle.

« Finis, finis donc, mon vieux Tom », disait Rémi qui, par ses caresses mêmes, encourageait celles du chien, en l'empêchant de finir. Mais, au perron, l'enlacement des deux amis se dénoua. Maman-Louise ne permettait pas à Tom d'entrer et celui-ci le savait bien. Dans le vestibule, Rémi se brossa avant de subir l'examen maternel ; puis il monta à la chambre où sa mère l'attendait.

Maman-Louise était assise auprès de la fenêtre et avait vu Rémi, bien au-delà de la grille. Elle ne bougea pas de son fauteuil ; mais elle retira ses lunettes de soleil, passa la main sur sa robe, sur ses plis de jupe ; elle ne supportait aucun faux pli dans sa dignité maternelle ; puis elle sourit d'avance, et quand Rémi ouvrit la porte, elle avait la main tendue vers lui.

- Bonjour, mon enfant. Tu t'es brossé, n'est-ce pas ?
- Oui, maman.
- Tom est insupportable. Une autre fois, je serai là et je le corrigerai.

-   Oh ! je t'en prie, maman, laisse-le m'aimer à sa
    façon. C'est un si bon camarade !

La voix de Rémi s'était attendrie, avec un léger excès.
Mais il ne déplaisait pas à Louise que son fils aimât les
animaux : c'était un symptôme excellent. Rémi s'était
approché, et, selon son habitude, s'était agenouillé, de
côté, et lui prit la main plus longtemps que d'habitude.
Maman-Louise qui se plaisait à cette caresse, et qui,
pendant ce temps, de l'autre main restée libre, lissait les
cheveux, époussetait le col et les manches de Rémi, et eût
terminé son inspection avant que l'enfant eût fini ses
effusions. Elle s'étonna, et relevant la tête de Rémi, elle
remarqua que ses joues, peu colorées d'habitude, étaient
plus pâles ; que les yeux avaient une lueur d'inquiétude.

-   Es-tu malade ? demanda-t-elle. As-tu la migraine?

Elle lui maintenait la tête en arrière et lui posait une main
sur le front.

-   Non, maman, je ne suis pas malade.
-   Tu as quelque chose, pourtant ?

Rémi ne répondit pas, et l'éclair de ses yeux se trempa
dans une larme.

-   Rémi ne me cache rien. Que t'est-il arrivé à
    l'école ? demanda-t-elle plus vivement. On t'a
    grondé, on t'a puni !
-   Oh non ! balbutia l'enfant, avec un sourire
    d'orgueil un peu forcé.
-   Quelqu'un pourtant, a dû te faire de la peine ?
-   Oui, maman.
-   Raconte-moi cela. Elle le redressa d'un geste ; lui
    montra une chaise qu'il approcha du fauteuil, et le
    regardant fixement :
-   Dis-moi toute la vérité ?
-   Ai-je jamais menti ?

- Non, jamais ! C'est vrai. Tu es un loyal garçon, un bon fils. Aussi, je suis pour toi une bonne maman...

Elle eût voulu dire une *bonne mère*, et c'était bien par exception qu'elle disait une bonne maman ; mais elle voulait consoler d'avance son fils d'un chagrin qui l'alarmait. Rémi commença résolument :

- Il y a un camarade d'école qui m'a demandé... (Il hésita, puis, assemblant tout son courage, et soutenant, ou, plutôt, défiant le regard de sa mère …) qui m'a demandé pourquoi je m'appelle... Rémi.

La bouche de Louise eut un sourire brusque qui n'empêcha pas les lèvres de blêmir.

- La belle question ! Tu as répondu que c'était ainsi ? Sans doute.
- Oui, mais il y a toujours une raison pour donner un prénom.
- Je ne comprends pas, fit Louise d'un ton brusque.
- Je veux dire, il y a eu, peut-être un grand-père, un aïeul, un ancêtre … qui portait ce nom.
- Mais pourquoi le faut-il ? Quant à ton ami, tu devrais t'en éloigner, pas sûr qu'il te veuille du bien. Oublie-le et ne fais pas attention à ce qu'on dit, continue à travailler, à être un bon élève.
- Mais maman, je ne veux pas mépriser les autres…
- Mais qui parle de mépris, il suffit de s'en éloigner un peu. Ce n'est pas le seul bon camarade de l'école !

Louise eut un attendrissement ou une vapeur d'admiration qui ne lui était pas habituelle. Elle attira Rémi de façon que celui-ci s'accoudât au bras du fauteuil et lui enlaça le cou :

- Si tu avais quelques années de plus, Rémi, lui dit-elle avec gravité, je te ferais comprendre... Je t'expliquerais ce qui peut te sembler étrange et ce qui peut fournir à des gamins sournois, comme ce faux-camarade, des prétextes à des taquineries. Mais en attendant...
- Oh ! je te jure que je comprendrais, maman !

Louise remua la tête, de gauche à droite, autant pour contredire l'affirmation de Rémi que pour refuser de lui répondre. Elle continua avec plus d'assurance :

- Si tu ne m'as jamais menti, mon enfant, tu n'as pas non plus de raison de douter de ma parole.
- Oh ! maman !
- Eh bien ! crois-moi donc, quand je t'affirme que tu n'as pas à t'alarmer… on t'a appelé Rémi car ce prénom nous plaisait bien, à papa et à moi. C'est tout !

Rémi se tut et posa délicatement la tête sur les genoux de Louise. Il ferma les yeux et se laissa bercer par le balancement de sa maman dans le fauteuil.

- Maman, ne m'abandonne pas ; j'ai besoin de toi.

Il leva la tête et aperçut que sa mère fermait les yeux et capitulait devant le sommeil.

Une voix le réveilla :

- T'es content ?

Le vieux Passé, revenait à la vie et le bousculait :

- Te voilà, à nouveau seul ; mais tu le mérites.
- Comment ça ?
- Personne pour t'écouter ! Te voilà seul à nouveau.
- Allez, file…

Rémi se leva, il était seul. Il se vit quitter le parc, pousser une porte invisible et se retrouver près de son lit à l'internat ; il avait 15 ans. Le dortoir était désert. Il sortit sa valise du placard et en extrait une lame de rasoir de son emballage et la tint à hauteur de ses yeux, comme pour la narguer. Il la posa sur son oreiller, retira son chandail, sa chemise et allongea les bras pour chercher le meilleur endroit pour y faire passer la lame.

La semaine d'avant, il avait enfoncé la pointe d'un stylo dans le bras et il eut une sensation qu'il ne pouvait décrire ; nouvelle, si particulière. Il se sentit mieux, imperceptiblement mieux. Sensation de courte durée, mais de forte émotion.

Rémi tenait le rasoir, il l'approcha de son bras, eut peur d'enfoncer la lame, mais la passa à fleur de peau. La sensation fut unique. Il n'avait pas vraiment mal ; il était fasciné par le sang qui coulait, mais une merveilleuse distraction, un plaisir. Toute la Terre disparaissait, et il était seul à jouir de cette sensation. Non, la douleur était acceptable ; il aimait voir l'entaille se former, le sang perler, couler sur son bras. Un plaisir, une jouissance. La douleur de son esprit disparaissait. Il se sentait sauvé. Il était prêt à sourire à la vie.

- Maman, maman, tu vois comme je suis bien ? Maman tu me manques. Maman je t'aime.

Chapitre 11

Un soir du mois de mars 2002 ; Rémi avait alors 5 ans.
Maman se mordillait les lèvres pour ne pas pleurer ; elle s'évertuait à apaiser Philippe, à calmer cette âme trop meurtrie, trop saignante ; elle se penchait contre lui très tendrement, s'exclamait ne sachant plus que lui répondre :

- Je t'en supplie, mon chéri ... je t'aime et je ne t'abandonne pas.
- Brûle vite cette vilaine lettre que j'ai eu la bêtise de t'envoyer ; il n'est pas utile que l'on cherche à se faire prendre, ton mari reste mon ami. Et son odeur ne me quitte pas.

Il désigna de la main le petit lit où Rémi ne bougeait pas et faisant semblant de dormir. Alors, le garçonnet eut cette sensation d'affreuse angoisse que maman Louise ne lui appartenait plus, qu'elle ne l'aimait pas uniquement, absolument comme il voulait être aimé, qu'elle pouvait le quitter et qu'il serait seul au monde sans câlineries, sans tiédeurs, sans tendresse. Cela l'hallucinait comme la vision d'un grand trou noir vers lequel vous poussent d'invisibles poings. En un étrange soulèvement de rancune, il était désespéré, il avait le cœur tout gros de savoir qu'elle aimait cet homme à en pleurer, jusqu'à en être comme folle, il ne savait pour quelle cause, et il se leva tout à coup d'un élan avec la rage de la reprendre, de la consoler, il lui cria :

- Je t'aime bien, petite maman, je t'aime bien, va !

***

Rémi était un enfant parfois calme et heureux, parfois habité par le diable. C'était un enfant gai, souriant, joueur, mais têtu comme une mule et sournois si nécessaire, pour vaincre les décisions des grandes personnes. Il était en pleine crise, voulant sans doute imposer à sa mère une décision comprise par lui seul ; il voulait faire la loi. Comment pourrait-on se fâcher, exiger, quand un sourcil à peine marqué se fronce, qu'une bouche exquise, tendre comme un fruit, fait la moue et qu'une menotte impérieuse se tend pour montrer le poing ?

Maman-Louise, ne pouvait plus supporter ces crises à répétition ; comment toujours rire de ces caprices, pourquoi fallait-il céder ? Ne serait-ce là, la meilleure voie pour que ce délicieux enfant devienne un tyran, et un gamin insupportable pour les autres. Il fallait savoir le discipliner, lui imposer la volonté de l'adulte, qu'il sache qu'une décision prise par la maman est irrévocable et qu'aucune grimace ne la fera faiblir.

Au début, elle élevait la voix, puis comprenant que pas plus la voix que les gros yeux ne servaient à le calmer, elle sut qu'elle devait garder le calme absolu, un visage impassible et éviter les grands gestes qui retirent toute dignité. Elle avait appris à garder son sang-froid mais de temps en temps, lorsque l'énervement, le caprice, devenait par trop violent, même si elle savait qu'une gifle n'était pas un argument, mais un signe de faiblesse, elle y succombait. Elle obtenait une obéissance relative puisque si la joue devenait rouge, le cœur n'était pas touché.

Va savoir, si cet angelot au sourire de paradis, ne notait pas, pour se venger plus tard, les corrections vécues qu'il estimait injustifiées.

Rémi semblait habité par un démon qui le faisait pleurer, des heures durant, comme s'il le rongeait de l'intérieur. Il pleurait sans raison et même dans son sommeil, il sursautait au moindre bruit, comme un enfant caché derrière une porte, épiant tout ce qui se passe à l'intérieur.

Dans la claque, la gifle, cet acte barbare, l'enfant, angoissé, douloureux et pénible, trouvait un relatif bien être. Les fureurs d'enfants têtus se calmaient, il cessait de manifester par des grognements de bêtes, ses persistantes volontés incompréhensibles ; il devenait doux, facile, inoffensif. Bientôt, le langage incohérent qui lui restait, d'accord avec le mouvement de ses yeux, n'exprimait plus que la paix retrouvée. De temps en temps, il avait des demi-heures de probable connaissance, pendant lesquelles, parfois, il recommençait à bégayer des sons indécis. Louise ne comprenait pas le sens des paroles qu'il essayait alors de balbutier. Parfois elle y lisait des pensées qui la faisaient frémir, dans ses yeux étrangement lucides ; c'en était assez pour la ramener à mille questions angoissantes, auxquelles elle ne pouvait pas répondre.

Chapitre 12

Le 22 mai 2018

Boris et Marie se regardèrent, rien n'avait changé dans la minuscule salle de travail : la moquette bleu pâle, usée au centre et décollée sur le bord, n'avait pas était remplacée ; les murs avec de minuscules inscriptions comme si les tagueurs n'avaient pas osé en faire davantage, rendaient une lumière blafarde provenant d'un néon au jaune délavé ; le tableau blanc avec ses traces de marqueurs de toutes les couleurs, crasseux à vomir, laissait traîner quelques équations différentielles que peu savaient résoudre ; puis une odeur, une odeur à nulle autre pareille, celle de l'étudiant qui travaille, plus encore, qui discute comme s'il défendait sa peau, de la résolution d'un système d'équations non linéaires. Pourtant, tout avait basculé : le monde, Rémi et eux deux.

Les deux amis avaient bien des choses à se dire tant le monde était passé en quelques minutes, du mode fiévreux des examens de fin d'année de la licence ès sciences physiques à affolement, indécision, panique et mort que l'on côtoyait.

Peut-on imaginer une impression plus troublante ? Ils savaient que nul n'échappe à la fatalité. Ils étaient, pareils aux enfants qui ont eu des convulsions dans leur bas âge et gardent des tics et des soubresauts au moindre revers. La pulpe de leurs cervelets, ébranlée au début, avait perdu les vertus premières de leur substance, et ce trouble avait pour résultante caractéristique une confusion lamentable entre la vie et la mort. Une terrible indécision, là où justement, il fallait avoir la main ferme et le cœur bien accroché.

Les deux amis avaient eu cette sorte de paralysie qui suit les grands événements, qui s'empare des jeunes gens les plus talentueux, et qui leur fait faire erreur sur erreur. Leur esprit d'équipe, l'urgence de l'action étaient parvenus à leur éviter de tomber dans ce travers. Ils savaient qu'ils devaient, après le premier moment de sidération, redevenir eux-mêmes, calmes, imperturbables ; la vie de Rémi en dépendait.

Peu d'affolement, de la tristesse devant l'inéluctable, mais une gravité, une dignité dans l'espoir avec pas mal d'inquiétude sur le sort de Rémi et une foi, quelle magnifique foi ! de le détourner de sa terrible résolution.

L'affolement des premiers instants, fit place à une forte résolution. Les deux étudiants jetèrent à la hâte leurs affaires dans leurs mallettes et se regardèrent.

- On commence par quoi ? demanda Marie.
- Par avoir des idées claires ! répondit Boris
- Je tombe de l'armoire…
- Et moi d'encore plus haut. Mais qu'est-ce qu'on fait ? fit Boris. On peut pas rester les bras croisés.
- Que peut-on faire ?
- Je ne sais pas… il faut agir. On n'a pas le temps d'en parler, mais toi qui le connais mieux que moi…
- Ce n'est pas vrai, c'est ton copain, coupa Marie.
- Oui, un peu, mais … comment dire…
- Rien à dire, fit-elle, faisant comprendre qu'ils étaient amis, rien de plus et qu'il ne fallait pas tout confondre. Tu piges ? ajouta-t-elle.
- Oui, oui, dit-il de bonne grâce. On n'a plus le temps des politesses, excuse-moi … finalement, savais-tu qu'il avait des envies de suicide.
- Je ne sais pas.
- Comment donc ?

Se sentant obligée d'en parler, mais d'en dire le moins possible, Marie regarda Boris dans les yeux, comme pour mieux sceller le lien invisible qui devra les lier derrière le cercueil de leur ami commun.

- Oui, oui. Il m'en a parlé un jour ; il y pensait constamment. Il y a même eu une tentative de suicide lorsqu'il était au collège.
- Alors ?
- C'était en seconde, il n'allait pas bien ; tu vois, le genre de souffre-douleur de la classe. Il a eu une scolarité au collège compliquée et c'est au lycée que ça a commencé à mieux aller, quoique… Il n'a pas tenu, il a tenté de se tailler les veines ou de plonger dans la Seine ; je ne sais pas !
- Et on l'a repêché…
- Oui, c'est un peu ça.

Après quelques instants de silence, Marie poursuivit :

- Il a beaucoup souffert et personne pour le soutenir, ni père, ni mère…
- Il n'est pas orphelin ?
- Non, sa mère est décédée, mais tu le sais, son père est très occupé…

Boris regarda sa montre.

- Il est bientôt midi et on n'a pas le temps. S'il faut faire quelque chose, c'est maintenant.

Sans attendre sa réponse, Marie sortit son portable, trouva le numéro de son ami dans son répertoire et l'appela. Au bout de trois tonalités, le répondeur se fit entendre.

- Ici Marie. On te cherche partout, on ne sait pas où tu te trouves et on a à te dire, Boris et moi. Fais-nous signe.

Elle raccrocha. Aussitôt Boris lui lança un regard noir.

- Tu aurais dû l'engueuler, le sermonner, je ne sais pas…
- Pour qu'il me raccroche au nez ? Notre seul espoir est de le prendre par la douceur et d'ailleurs, même si on arrive à le dissuader de se suicider, il peut profiter de la première occasion, d'une faiblesse, d'un revers de fortune pour accomplir l'irréparable. Faut y aller mollo…

Si elle avait pu, si du moins cela servait à quelque chose, elle aurait empoigné Rémi, l'aurait secoué par le col, et expliqué en mille mots de toutes les langues, comment cette fuite l'avait peinée, comment elle ne pourrait se résoudre à vivre heureuse avec lui ou sans lui, en le laissant partir, sans avoir combattu en lui, cette fascination de la mort.

Elle avait été évasive avec Boris sur cet aspect. Mais une idée germa dans son cerveau. Elle savait que lorsque son ami n'avait pas le moral, il partait prendre quelques minutes de repos dans le parc voisin de la fac. Pourquoi n'y serait-il pas là, aujourd'hui ?

Sans en parler à Boris, Marie partit à la recherche de Rémi. Elle ne fut pas déçue, elle le trouva assis sur un banc, la tête dans les mains, l'esprit sans doute en chemin vers l'ailleurs. Elle courut sans faire crisser les gravillons du chemin et s'en approcha, puis lui toucha la main. Il tressaillit et fut sur le point de faire les gros yeux. Il la reconnut et voulut parler. Elle mit un doigt sur ses lèvres en un geste éloquent et dans un débit saccadé lui dit :

« Bouge pas, je suis essoufflée. Tu vas nous rendre fous. C'est comme ça le prix de notre amitié ? Quelle journée ! Donc, pour être là, je saute dans le train ; à six heures je suis à la gare du Nord. J'empoigne mes jambes à mon cou et je file vers la fac et les catastrophes commencent. Tu nous racontes des horreurs, tu files comme un malappris. Le concierge de la fac, ton ami, a l'air d'un brave homme. Je lui ai déjà fait deux bouts de causette ; il me dit dans quelle direction tu es parti. En tous cas, je saurai bien par lui si t'es toujours là, solide au poste. Ah ! bien ! oui ! Mais il a ajouté que tu avais une drôle de mine et l'air pas gai.

Il a ajouté : « Oui, l'air de quelqu'un qui voudrait s'envoyer dans l'autre existence ». Tu penses si j'ai eu le sang tourné ! Que faire ? Où te chercher ? C'était gentil de nous planter là sans un mot d'adieu ! Puis je me suis dit que c'était vrai que tu voulais t'envoyer dans une existence un peu plus douce. J'ai tout de suite pensé à ce parc et qu'avec un peu de chance, oui, p't'être bien qu'avec un peu de chance, j'arriverais à temps. »

Hypnotisé par son amie, Rémi était incapable de dire un seul mot, permettant à Marie de garder la parole :

« Fallait-il aller à gauche ? A droite ? J'ai joué à pile ou face. Ça a été face, la droite. J'ai suivi la droite, regardant tous les groupes, dévisageant tous les étudiants. Je commençais déjà à en avoir mal aux mollets de marcher ainsi, quand tout à coup je te découvre là en train de rêver aux oiseaux. J'étais derrière le sixième platane quand je t'ai appelé. Tu me semblais bien près du précipice de la vie ! »

- Mais… nom de nom, quelle course, et quelle fichue idée tu as eue là !
- Bien quoi ! tu pleures !
- Laisse-moi, fit-il, je veux mourir !
- Et c'est tout ça le bonjour que tu me donnes… En ce cas, bonsoir, je vais repiquer à la fac, rassure ton copain ; puis zut, ce n'est pas gentil d'accueillir ainsi ses camarades.

-   Je sais bien. Pardonne-moi, si tu savais...je souffre tant.
-   Tu souffres... mais alors... pourquoi t'isoler dans ce parc ?
-   Je ne sais pas, peut-être pour prendre des forces.

Marie s'approcha de lui, le prit par le bras et se plaça tout contre lui.

-   C'est encore ton cœur qui souffre ?
-   Je crois… mais là, il n'y a pas de médecine. Il suffit juste de partir, s'éloigner, retrouver maman. Elle seule peut me soigner.
-   Ce n'est pas tout ça. Tu vas d'abord venir avec moi au salon de thé ; là, juste en face, prendre quelque chose de chaud. As-tu mangé ?
-   Non.

Elle le regarda, et murmura entre ses lèvres :

-   Cette misère ! Mais qu'est-ce que t'as donc dans la tête, mon pauvre ami pour nous faire peur ?
-   Va-t'en.
-   Pas sans toi, on boit un chocolat, insista-t-elle, et si je suis encore un peu comme dans le temps, ton amie, tu me raconteras tout sur le gros chagrin que t'as dans le cœur.

De part et d'autre de la petite table ronde de bistrot, les deux jeunes gens discutaient. Marie pensait avoir déjà tout dit, Rémi considérait l'affaire conclue mais ne souhaitait pas quitter son amie en mauvais termes. Il lui expliquait :

« Je reviens du cimetière, où elle dort. Crois-moi… J'en étais tout triste et je me suis assis sur le support du monument. Je ruminais des idées. Une seule option pour moi : aller la voir. Mais tu sais, je ne veux pas mourir, c'est pas ça qui compte pour moi, je veux juste l'avoir à mes côtés. Donc, assis sur la pierre froide de sa tombe, à un moment, je relève la tête, quelqu'un me regarde : un homme jeune, sans doute la trentaine, maigre, pâle qui semblait, avec ses mèches de cheveux plats, relever de maladie. Il s'approche de moi et me demande d'où me venait cet air si malheureux ; je lui dis que j'avais envie de voir maman. Il hausse les épaules, et je l'entends me dire, avec un joli accent du Midi, et je vois ses yeux briller :

- Moi aussi, j'ai songé à mourir. Aujourd'hui, je ne suis rien ; je suis au chômage depuis un bail et je ne peux même pas payer mon loyer. Ma femme a l'intention de me quitter… avec le gosse.
- Mais non, lui dis-je. Vous avez tout, la jeunesse, la force dans les bras, une femme, un enfant. Pourquoi vouloir partir ?
- Et vous ?
- Moi, ce n'est pas pareil.
- C'est faux, on est tous pareils, dit l'inconnu.

Nous n'étions pas d'accord et il s'en est fallu de peu que l'on vienne aux mains. Quelle ironie ! Deux pauvres hommes qui songent au suicide et veulent se convaincre l'un l'autre, que la vie vaut le détour. »

Rémi se tut quelques instants ; il reprit :

- On était tous les deux aussi fous l'un que l'autre. Lui voulait partir par désespoir, moi je veux m'envoler pour retrouver un être cher qui me manque. Je n'ai rien contre ma vie sur terre, mais tu vois…

La phrase était suspendue, attendant sans doute que Marie allât dans son sens. Mais elle resta figée, incapable d'émettre le plus petit son ; elle avait épuisée sa besace et se sentait vidée, abattue, comprenant que l'inéluctable machinerie était en route et que rien ne pouvait enrayer la marche du destin.

Rémi embrassa Marie sur le front, s'en éloigna et prit la direction du porche de la fac de sciences.

Ce fut comme au réveil. De longues secondes furent nécessaires pour que Marie se rendît compte que son ami était parti. Le temps d'être debout, il était hors de vue. Elle s'empressa de courir le long du sentier qui serpentait dans le parc. Perdu de vue ! Elle espéra que son ami prît le chemin de la fac. Elle avait à lui parler, elle avait des arguments qui auraient pu interrompre son cycle mortifère. Elle l'aimait. Elle avait oublié de lui en parler. Elle l'aimait d'amour et avait omis de lui dire avec des mots clairs, non point de ceux qu'elle utilisait jusque-là, des mots tendres, mais éloignés de cet amour qu'elle éprouvait pour lui. Il fallait qu'il sache qu'elle ne pouvait vivre sans lui. Il fallait le lui dire, le lui répéter jusqu'à ce qu'il entendît. Ce n'était pas une amitié comme on en trouve cent sur les bancs des amphithéâtres, une amourette comme il en naissait des dizaines derrière les rayons des livres dans les universités, mais des sentiments indiscutables, profonds, vitaux qui les unissaient. Elle en était sure ; il fallait qu'il le sût.
Elle courut en direction de la B.U.[1] espérant le trouver derrière une pile de livres qui étaient des secours contre lui-même, contre ses ennuis, contre ses déceptions, contre ses souvenirs, des souvenirs d'autrefois dont les années ne cicatrisaient pas la plaie toujours saignante.
Marie parvint, le souffle coupé, à la hauteur de la bibliothèque des étudiants ; un regard circulaire lui apprit que Rémi ne s'y trouvait guère. Elle fut sur le point de

---

[1] Bibliothèque universitaire.

partir lorsqu'elle pensa à la salle des professeurs. En effet, il arrivait que des étudiants travaillant sur un mémoire puissent avoir accès à celle des enseignants ; or celle-ci se trouvait dans un autre bâtiment, plus ancien, plus poussiéreux, hors du temps.

Elle prit ses jambes à son cou, quitta les locaux récents, traversa et fila vers l'autre partie.

Les rayonnages se disputaient aussi bien des livres récents que des livres anciens, d'aspect sévère, un peu vieillots. Çà et là, des photographies anciennes de reproduction de tableaux de peintres hollandais, égayaient la salle ; plus haut sur les rayonnages, des statues en plâtre de philosophes grecs surveillaient les lieux et tout autour, un éclairage tamisé, traçait sur les tables, les espaces de travail. Marie savait que Rémi appréciait les lieux et souvent s'y rendait pour passer le bout du doigt sur les cuirs des livres, comme pour en vérifier l'efficacité à le protéger contre l'extérieur, le dehors, l'autre, sources d'inquiétude, sources de souffrance.

Elle le vit, la tête appuyée sur les mains, les coudes sur la table, immobile, dans une pose extatique. Il réfléchissait. Elle s'en approcha en pensant que c'était la deuxième fois de la journée qu'elle le surprenait. Elle se promit de mieux l'aborder.

Elle arriva par l'arrière, l'enlaça tendrement. Il se laissa faire, se doutant qu'il s'agissait de Marie. Elle le sentit se détendre ; elle s'apprêtait à lui dire des mots doux, des mots d'amour. Elle savait que ces mots possèdent par eux-mêmes une vertu qui touche jusqu'aux indifférents et le jeune homme perturbé, troublé peut-être au profond de sa chair par l'ambiance et l'inquiétude vague, ne pouvait, se défendre d'une émotion insoupçonnée jusqu'à ce jour. Maintenant il lui était impossible de sortir de sa cachette.

Quelle explication aurait-elle donnée ? Elle se contraignit donc à écouter en silence les battements de son cœur.
Elle s'approcha de son oreille et le supplia :
- Sois généreux à mon égard, laisse-moi t'aimer…
Mais Rémi, dont elle observait le pouls battre sur ses tempes, se mit soudain en colère ; mais d'une colère douce, celle de l'homme qui, fatigué par les événements, ne peut désormais plus supporter le poids d'une fourmi. Il lui dit :
- J'en ai assez des larmes, je veux changer d'air, aller loin, très loin. Tu comprends ?
Marie, très étonnée que son ami ne fût pas surpris de sa présence à ses côtés, lui tendit les mains dans un grand geste affectueux et secourable. Ces mains, il les saisit entre les siennes, il les baisa éperdument.
- Je ne sais pas si tu as bien fait de venir, répliqua-t-il, je suis trop malheureux ce soir de me séparer de toi, si heureux de partir en voyage.
- C'est faux, tu trembles. Pourquoi ? Serait-ce donc que tu as peur ? Que tu te méfies de toi-même ?
- Je ne sais pas, mais je suis heureux ; c'est l'excitation du bonheur, une sorte d'exaltation que nous avons lorsque nous approchons du but…
- Menteur ! coupa-t-elle. Tu ne serais pas là, la tête enserrée dans tes mains, à la recherche de réponses que le ciel ne t'envoie pas…
- Marie, mon amie ; notre amitié est merveilleuse, belle, unique. Les mots d'amour sont ridicules entre nous. Ecoute moi aussi, dans ma tendresse restée profonde bien que changée, je garde le seul désir de t'avoir sous mes yeux et d'entendre ta voix … même si elle venait de loin. C'est une folie que je vais commettre, je le sens, je le sais, et je prévois déjà des désastres sans nombre. Et

pourtant ! Jure-moi que jamais tu ne vas me suivre ; que tu ne me parleras plus d'amour ; il faut que je devienne pour toi, sacré comme un frère. Jure-le.

Elle le regarda bien en face, fit un effort et s'effondra en larmes. Il reprit :

- Je suis heureux, comme jamais. Regarde-moi, je suis prêt et je pars en sachant que notre amitié restera vivante dans nos cœurs. Je suis le plus heureux des hommes.

Elle consentit à le laisser se lever, mettre sur le dos son chandail et quitter lentement la bibliothèque. Elle s'effondra sur la table au moment où il quittait le bâtiment se dirigeant vers la bouche de métro.

Chapitre 13

Une sombre nuit d'avril 2012, Rémi allait sur ses 15 ans
Quoi de mieux que l'humour entre amis pour cacher ses
souffrances ? Quoi de mieux qu'un rire pour cacher un cri
de douleur ? Quoi de mieux qu'un sourire pour cacher
une larme ? Quoi de mieux qu'une jolie bande d'amis
pour cacher ce sentiment de solitude ? Rémi, toujours
esseulé n'avait pas cette chance. Il fallait partir tout seul,
partir pour ce long voyage libérateur. S'agissait-il de la
solution ? Peut-être. Rémi envisageait l'opération comme
un voyage, pas comme un point final ; Rémi voulait
vivre ; il n'escomptait pas un grand bonheur, mais
simplement une vie sans douleur. Une vie aux côtés de
maman-Louise.
Toutefois si sa décision était prise, il cherchait encore le
meilleur moyen pour y arriver. Le plus doux, le plus
rapide, le plus simple, le plus discret. Que c'est
compliqué !
Il avait bien lu dans les journaux que jadis, un citadin
inquiet avait brisé les vitres de la mansarde habitée par
quelque pauvre ouvrière qui s'asphyxiait à cause du
monoxyde de carbone. Mais depuis le chauffage central,
on ne chauffait plus au charbon et les chaudières étaient
bien réglées.
A ce moment suprême, où son esprit semblait s'élever et
ses facultés s'augmenter, il se rappela tous les poisons
dont il avait lu l'emploi, dans des romans ou dans des
procès célèbres. Et avec une mémoire étonnante de
précision, il lut des articles sur la strychnine, la
jusquiame, la digitaline, etc. comme le ferait un membre
de l'Académie de médecine. Mais la mort lui parut
impossible de cette façon. Il fallait attendre une occasion
improbable pour pouvoir se procurer l'un de ces poisons

foudroyants et terribles. Et c'est aujourd'hui, aujourd'hui même qu'il souhaitait cesser de souffrir. Il ne voulait pas que le soleil de demain le vît dans la même situation.

Tout à coup, le journal qui était encore sur sa table lui rappela que, dans un accès de folie, un homme s'était jeté du haut de la colonne Vendôme. Il n'est pas besoin de monter si haut pour se tuer. Il prit ce parti qui avait l'avantage d'être simple. Il ira monter au dernier étage de l'internat et se lancera sur le pavé de la rue. La mort, pensa-t-il sera presque instantanée. « Je ne souffrirai pas ! » Il n'hésita plus. Il fit dire qu'il était indisposé. On croira demain qu'il était plus gravement malade et qu'il avait mis fin à ses jours dans un accès de fièvre chaude. L'honneur sera sauf et le père pourra pleurer, sans honte, l'enfant qu'il aura perdu. Mais pleurera-t-il cet être qu'il chérissait si peu ?

Prudemment, à pas de loup, il sortit de sa chambre et s'avança sur l'escalier. A peine avait-il monté un étage qu'il aperçut en haut une lumière. Le pion apparut, l'air très agité.

- Que fais-tu là ? demanda-t-il. Tu n'as rien à faire dans le grenier.

Il fut bien forcé de redescendre à l'étage des dortoirs.

Rémi éteignit toute lumière sur sa table de nuit. Il écouta et passa ainsi deux mortelles heures. Puis, quand tous furent endormis, il se leva et songea à mettre à exécution le nouveau projet qu'il venait de former.

« Oui, de cette façon, se dit-il, personne ne m'empêchera de mourir ! »

Et lorsque le silence se fit, le pauvre garçon ouvrit tout doucement la fenêtre qui donnait sur la rue. A l'aide d'un de ses draps attaché à la barre d'appui, il se laissa glisser jusqu'au trottoir.

Le suicide était devenu une idée fixe chez le jeune homme. Il était environ deux heures du matin lorsque Rémi se trouva dans la rue Marignan. Il marcha sans s'arrêter dans la direction de la Seine, comme poussé par une force invisible et ne tarda pas à approcher du quai. Quelques pas encore, il était sur le pont de l'Alma. Arrivé là, il fit ce que la plupart des désespérés qui viennent demander l'oubli au fleuve ne manquent pas de faire. Il s'accouda au parapet et regarda couler l'eau. Le silence de la nuit, l'ombre qui couvrait Paris, la solitude de ce lieu désert, tout facilitait la mise à exécution de son projet. Aucun obstacle ne semblait devoir l'empêcher.

Sans en comprendre la raison, il quitta ses vêtements, ses chaussures, vérifia que la lettre se trouvait bien dans la poche de son pantalon et plongea dans l'eau froide de la Seine.

Il avait écrit à son père :

Papa,
Je viens te dire au revoir, je pars voir maman ! Elle me manque et la vie est compliquée.
Quand tu sais que tu ne seras jamais heureux dans ta vie, et la première partie était misérable, qu'il y a de plus en plus de raisons pour que je parte, tu ne peux rien faire d'autre que de partir. D'où ma décision.
D'autres que moi auraient continué en espérant que les choses s'arrangeraient ; moi, je n'y crois pas.
Fais ci, fais-ça ! On grandit en obéissant aux ordres, pour réussir, pour avoir une belle vie plus tard, mais ça sert à quoi d'avoir une grande et belle voiture, s'il faut être malheureux ? De toute façon, tout est mortel ; la ravissante femme va mourir, la grande voiture rouillée sera jetée dans une décharge, les enfants qu'on va aimer

et chérir, vont mourir à leur tour. A quoi bon ? Si en plus, on est malheureux... Si maman avait été là, ça aurait été différent.

Pour la première année à mon école, je voulais avoir des camarades, être accepté, être aimé, être ami avec des gens qui ne vous voient pas comme une personne mais comme un symbole de statut social. J'étais programmé pour être ingénieur, entrer dans une grande école, avoir de beaux diplômes, faire une thèse et pourquoi pas, devenir docteur ès sciences !

Mais ensuite je me suis réveillé ! J'ai réalisé que le monde tel que je le vois, n'existe pas, que ce n'était qu'une sorte d'illusion véhiculée par les médias. Je réalisais de plus en plus dans quel genre de monde je vivais.

Pendant ce temps, tout le monde a quelqu'un sur qui compter. Moi, je n'ai personne. Maman est partie très loin et nous a abandonnés ; toi de ton côté, tu étais pris par ton travail et je me trouvais tout seul à combattre à mains nues tous ces voyous qui voulaient m'imposer leur vie, leurs valeurs ; d'une certaine façon, ils voulaient que je sois leur jouet.

Pourquoi devrais-je même essayer de réaliser quelque chose alors que de toute façon je mourrai tôt ou tard ? Je peux construire une maison, avoir des enfants et quoi d'autre ? Mais pourquoi ? Quel est le sens de la vie ? Il n'y en a pas. Surtout sans maman. Elle seule parvenait par un simple regard à m'offrir des pages de douce éternité ; lorsqu'elle passait la main dans mes cheveux, je me croyais l'enfant le plus heureux du monde ; sans doute l'étais-je. Là, je suis seul et plus rien n'a de goût. Je n'ai aucun sens à donner à la vie. Il n'y a plus qu'une option pour ma vie et je ne la gaspillerai pas : retrouver maman.

Je suis fatigué, aussi fragile que la feuille sur laquelle j'écris ces mots.

Tout est vide ce soir, papa. Tout est creux et je n'ai pas envie de m'endormir car après, il faut se réveiller ; mais pourquoi se réveiller ?

Le grand jour est arrivé, j'ai attendu longtemps pour partir, mais là, tout est au point.

J'ai ouvert mes poignets, pensant que cela pouvait me calmer. Comme une porte qui s'entrebâille, j'ai vu l'au-delà. Ça semble mieux qu'ici-bas.

Lorsque je respire, un sale goût de bile vient dans ma bouche et l'eau que je bois descend comme de la suie à travers mes lèvres.

Je suis désolé, papa, je dois partir. Oui, je suis désolé, je manque de force pour hâter le geste ; j'ai voulu être fort mais je suis frappé par la douleur, le doute... c'est compliqué !

Papa, je m'en vais pour de bon.

Papa, si tu savais, je suis cassé de l'intérieur.

Je me détestais. Même si j'essayais si fort de réclamer mes souvenirs qui ne cessaient de se réveiller tout ce que j'avais en retour, c'était le silence, le vide, l'absence.

Il ne faut pas croire que c'est si facile de parler tout seul de son départ. C'est très difficile d'aller jusqu'au bout.

J'ai lutté, je me suis dit que c'était juste moi qui voulais fuir tout, que tout était de ma faute.

C'est vrai. Je voulais vraiment m'enfuir. Mais de qui ? Peut-être de moi. Peut-être de toi.

Je voulais que quelqu'un remarque ma souffrance, peine perdue. Mes blessures étaient peut-être un appel au secours. Qui les a vues ? Personne. J'ai tout fait pour les cacher.

Des pensées troublantes inondaient ma tête. Je n'ai jamais eu l'occasion d'apprendre comment transformer *la douleur sourde en joie pure. Dépasser la douleur. Ça marche, un jour, deux jours, puis au troisième, il fallait que je me blesse à nouveau. Ce n'était jamais fini.*

J'ai essayé de trouver les raisons de ma douleur et de ma souffrance. J'avais déjà la réponse. J'avais mal à cause de moi. Tout est de ma faute, sans doute.

Chercher un but à la vie plus de mille fois, tous les jours, à chaque instant est au-delà de mes forces.

Les blessures que l'on parvient à surmonter ne laissent pas de cicatrices. J'ai des cicatrices sur tout le corps.

J'ai tenu bon jusque-là ; j'ai souffert ; ne me blâme pas, il est temps que je retrouve maman.

Adieu papa.

Rémi

***

Le réveil fut rude. Rémi peinait à ouvrir les yeux ; il se sentait fatigué, laminé, comme jamais. Le lieu sentait bon, une petite odeur de propreté. La lumière était douce, il souleva ses paupières, un ange était à ses côtés ; un ange en blanc, de la tête au pied. Il le regardait fixement. Cela ne pouvait être que maman-Louise.

- Maman, appela-t-il. Maman…

L'ange se leva, s'approcha de lui et lui passa la main sur le front.

- Je suis Anne…
- Anne ?
- Oui, je suis infirmière.
- Où suis-je ?
- A l'hôpital…
- Pourquoi l'hôpital ?

Il n'aurait jamais cru ce passage obligatoire sur le chemin qui conduisait à sa maman. Quelques secondes

92

s'écoulèrent avec la reprise de ses esprits. Il se vit, couché sur un lit et si faible qu'il ne sentait même pas sa souffrance. Des souvenirs pourtant commençaient à remonter du fond de sa cervelle. Peu à peu, l'ordre se fit dans ses idées. Il revit sa tentative de la veille… mais là, tout fut confus. L'eau bouillonnait à ses pieds dans l'obscurité complice de la nuit, il regardait alentour ; il était seul sur le pont : il pouvait sauter. Il vérifia qu'il n'avait rien en poche qui pût l'identifier puis sauta.

L'eau était froide et il crut qu'un étau d'acier serrait sa poitrine. Il ferma les yeux et fut tout étourdi la tête dans l'eau. Il fut assommé et ne s'aperçut même pas qu'il remontait à la surface comme un bouchon.

L'infirmière le regardait. Elle le trouvait beau dans son lit blanc. En vérité, il avait des traits plus pâles que ceux d'un mort ; sur l'oreiller, allaient au vent, les boucles de ses cheveux et ses mains posées à plat sur les draps se terminaient par d'interminables doigts rappelant ceux des pianistes. Un voile de tristesse répandu sur son visage régulier et fin, ajoutait à son charme adolescent, quelque chose de mystérieux.

« Il a dû souffrir, se dit-elle. Souffrir à en mourir ou du moins à rechercher la mort, comme une délivrance. Le marinier qui l'avait repêché avait insisté sur le fait que la chute n'était pas accidentelle ; le garçon avait plongé, tête la première dans les eaux noires de la Seine ; heureusement pour lui qu'il n'y avait pas de fond ».

Il était devenu un être qui n'existe qu'à moitié, un pied encore de l'autre côté de la vie, sur une pente de vertige, cherchant des deux mains à se rattraper à une pierre, à une branche, à une touffe d'herbe, sans pouvoir saisir autre chose que le drap lisse de son lit.

Le sort aurait dû réserver à ce pauvre garçon qui avait souffert et avait affronté tout à tour, la méchanceté des élèves, la lâcheté des adultes, l'indifférence du destin, une mort plus paisible pour entreprendre son dernier voyage.

L'infirmière s'approcha de son patient. Elle se pencha vers lui. Il voulait se tourner vers elle, mais sa tête ne parvenait pas à faire le mouvement et seuls ses yeux avec leurs feux qui voilaient, conservaient la faculté de s'orienter encore quelque peu.

Rémi se sentait épuisé, incapable de parler, l'esprit paralysé et ne comprenant pas ce qui lui était arrivé. Une pensée, une seule pensée : il fallait à tout prix taire sa tentative, sa tentative avortée. Comment s'y prendre pour cacher son nom ? Il admettait que dans un pays civilisé, on ne pouvait pas prétendre avoir oublié son nom, disparaître aux yeux du monde. Il lui fallait encore plus de courage pour soutenir le regard des autres : les professeurs, les autres collégiens et surtout son père. Après quelques minutes de réflexion, il se plut à croire ce dernier, indifférent à son état, et ses amis d'école davantage occupés par les filles ; de quoi éloigner les prédateurs et oublier le paternel.

De toute façon, de quel droit pourraient-ils intervenir ? Rémi se sentait meilleur propriétaire de son corps, de ses pensées, de son âme et libre de choisir le moment pour retrouver sa maman. Il se dit que ce n'était que partie remise, il fallait prendre des forces pour réussir sa prochaine tentative.

***

Sur son lit d'hôpital, son corps vivait encore, mais son âme était partie depuis belle lurette. Rémi considérait comme une énorme punition que de survivre à un tel acte. Il avait raté son coup, il n'avait à s'en prendre qu'à lui-même.

Pâle comme un mort, souffrant comme un damné, honteux et peureux de son crime contre lui-même, il n'osait ouvrir les yeux et s'inviter à nouveau dans le monde des vivants. Aucun bruit, il se sentait reprendre vie. Il souleva les paupières. L'infirmière était là, à guetter les premiers signes de vie. Sur un lit d'hôpital, la souffrance n'a pas de sexe ni d'identité. Même un suicidaire a droit au meilleur traitement. Il y a la vie qu'il faut toujours secourir avec grâce et la ferme volonté de réussir.

Anne l'infirmière, le vit, lui sourit, pour l'encourager à renouer avec l'existence. Que dire de ce garçon qui, pour la première fois, vient de sentir l'haleine de la mort ? Il ne fallait pas que, sitôt levé, il parle déjà d'une nouvelle tentative en en fixant la date.

Il fit d'imperceptibles mouvements de la main ; elle les nota, s'approcha de lui et lui passa une lingette sur le front, ce qui suffit à le réveiller complètement.

- Bonjour, dit-elle.
- Bonjour. Ah ! Anne, c'est ça ?
- Oui, absolument.

Il aurait tant aimé, demeurer des heures les yeux clos, dans un univers entre deux, attendant que son esprit se mît à fonctionner de façon satisfaisante. Là, les idées arrivaient par flots discontinus, tantôt noires, tantôt roses. Il voyait alternativement son père mécontent, distant, tout juste inquiet et maman Louise, si belle, si angélique, se préoccupant de ce dernier voyage, trop long à venir.
Il regarda l'infirmière.

- Est-ce que j'ai eu de la visite ?
- A qui pensez-vous ?
- Mon père…

-   Pas en ma présence.

Cela parut le rassurer. Il se tut quelques instants pour mieux rassembler ses idées.

-   Mes vêtements sont là, demanda-t-il.
-   Oui, même ceux que vous avez laissés sur la berge avant de sauter dans l'eau.
-   Vous croyez ? Je me demande si je n'ai pas glissé sur le bord. Je ne me souviens pas d'avoir sauté dans l'eau.

Elle haussa les épaules, comme si tout cela était peu de choses.

-   Vous êtes un patient comme les autres. Nous sommes là pour vous soigner et vous aider à retrouver la santé et d'une certaine façon, goût à la vie.

Anne notait que le garçon s'agitait et qu'il devait vivre un combat, un conflit entre tant de tendances, d'effets contradictoires, de sentiments mal exprimés. Tiraillé entre des actions opposées, il cherchait un appui pour faire basculer son cœur dans un sens plutôt qu'un autre.

Rémi tentait de ramasser ses idées ; rien ne semblait fluide, sa mémoire était morte, ou à tout le moins fonctionnait en pointillé. Des lacunes par moment, par endroit, qui ne s'étaient pas comblées. Des souvenirs qui s'estompaient, des tranches de vie qui se relâchaient, même si le but était toujours vivace.

Dans l'après-midi, Anne revint réveiller Rémi. Il la regarda :

-   Il y a du nouveau ? Je peux sortir ?

Elle lui offrit un beau sourire. Dans les yeux ardents de Rémi, se lisait une immense gratitude pour la douce infirmière. On devinait qu'il eût voulu parler pour lui dire au moins un mot : « Merci » ; mais, les sons peinaient à sortir de sa bouche.

- Non, je suis désolé. Il faut attendre encore.
- Mais je me sens bien.
- Si on veut, mais pas au point qu'on vous laisse à votre sort.

Elle n'osa pas lui dire qu'une enquête préliminaire avait conclu à une tentative de suicide et qu'il n'était pas question de le laisser sortir sans ses parents.

- Mais pourquoi alors, me réveillez-vous ?
- Pour vous faire une surprise. Vous avez de la visite.
- Ah !
- C'est tout ce que vous avez à dire ? Cachez donc votre joie.

Elle se tut quelques instants pour ménager ses effets.

- C'est papa…

Rémi resta silencieux, comme s'il manquait de paroles. Il fit une grimace que l'infirmière ne put interpréter simplement, puis s'enfonça dans son lit.

Quelques instants plus tard, Anne revint accompagnée de son papa. Celui-ci s'approcha du lit et vit son fils, les yeux clos, blanc comme un linceul et dans une position de gisant en marbre. Il passa sa main avec douceur sur le dessus de son front. Rémi frissonna ; les paupières tremblèrent. Le père s'assit sur le lit, prit la main de son fils dans la sienne et la serra. Il ouvrit les yeux.

- Papa…
- Comment vas-tu ?
- Bien. Mieux, comme tu vois.
- Que s'est-il passé ?
- Je ne sais pas.
- Comment je ne sais pas ? Tu dois savoir.

- Peut-être, mais je ne m'en souviens pas, dit précipitamment Rémi.
- Ne me dis pas que tu as tout oublié…
- Peut-être ; j'ai des bouts de souvenirs, des bouts d'histoires dans ma mémoire. Le choc…
- Tu penses que le choc t'aurait effacé le souvenir de ce qui s'est passé ?
- Je ne sais pas, il faut demander à Anne.
- Quelle Anne ?
- L'infirmière…
- Je la verrai par la suite. C'est ton état qui m'intéresse aujourd'hui. Comment tu vas, mon garçon ?
- Bien. Vide. Je cherche à remonter. Je suis sans force.

Papa voulait en savoir davantage sur l'incident.

- Je veux comprendre comment un gaillard comme toi, qui a déjà 15 ans, peut tomber bêtement au milieu de la nuit dans la Seine.
- Moi aussi, j'aimerais savoir. Il ne me reste même plus des bribes de mémoire.
- Tu es sûr que ce n'est pas un pari entre jeunes qui aurait mal tourné…
- Oh non !
- Tu vois, une sorte de cap ou pas cap ?
- Je ne vois pas.
- Tu n'as pas besoin de ces jeux stupides, mon garçon. Ça ne se fait pas lorsqu'on est sûr de soi.
- Je sais papa.
- Comment on fait maintenant ?
- Je ne sais pas.
- Je vais proposer de te ramener à la maison.
- C'est même pas nécessaire…
- Pourquoi ça ?

- Je ne sais pas, mais c'est pas utile. Je crois que demain je serai sur pied et je pourrai alors retourner au collège.
- Tu crois ça ?
- Demande à l'infirmière.

Anne qui était restée discrète mais présente, fit mine de ne pas avoir entendu la requête du garçon et attendit que le papa formulât la question.

- Demain, peut-être pas, mais le lendemain, je crois la chose possible. Souhaitez-vous que j'en parle au médecin ?

Père et fils se regardèrent et convinrent en commun accord et sans dire un seul mot de la chose. Le père partit à ses affaires, le fils chercha l'infirmière du regard pour la remercier ; quant à cette dernière, habituée aux récidives de suicides chez les jeunes, elle partit voir le médecin, le cœur lourd et l'esprit déjà triste.

Chapitre 14

Le 22 mai 2018 à 12h15

- Je suis sotte, répétait à voix basse Marie, pour la dixième fois.

Il fallait interrompre le silence qui entourait son retour avec Boris pour faire le point. Sans doute, pensaient-ils aux mêmes choses, mais par un accord tacite, ils évitèrent l'un et l'autre de rompre le glacial silence qui les plongeait dans une sorte de paralysie.

Tous deux entrèrent dans la salle de travail déserte ; un rayon vif du soleil de mai, faisait flamboyer les mèches rebelles de Marie, accrochait des étincelles aux courbes de son bras nu ; la vie se jouait là, pensa Boris, surpris de cet ami qui fuit la vie et l'amour de Marie. Des larmes jaillirent des yeux du garçon.

- Marie, appela-t-il.

Elle se retourna et nota sa triste mine. Elle se redressa et passa son index replié sur le haut de sa joue.

- Je sais, c'est terrible, mais c'est à nous de le sauver. Il ne faut penser à rien d'autre. Je propose qu'on parte.
- Mais pour aller où ?
- Juste dehors, au bistrot du coin ; je ne peux plus voir cette petite salle, cette prison puante et insupportable et puis … j'ai besoin d'air.

Marie prit Boris par la main et quelques minutes plus tard, ils étaient chez Fernand, le café-bar près de la station du métro.

Une journée propre qui exprimait la douceur de vivre et de vivre au ralenti se dessinait dans la capitale. Ils étaient seuls, assis à une terrasse de café, à l'heure de l'apéritif, là où se presse, à l'accoutumée, vers midi, une foule hétérogène et bruyante, animée de cette agitation un peu factice qui lui donne l'apparence sautillante et saccadée d'un ancien film de Charlot.

Fernand, le propriétaire, petit homme à gros ventre, mais au sourire charmant, les accueillit, comme il le faisait en général de tous les clients.

- Deux cafés ; c'est ça ?

Une non-réponse valant réponse, il aboya à distance à son épouse de l'autre côté du comptoir :

- Et 2 ; deux cafés pour le jeune couple.

La terrasse étant presque vide, Fernand revint, sans doute pour tailler une bavette avec les deux amis.

Ils échangèrent des propos amènes et tranquilles, de l'ordre météorologique. Il faisait bon. On se sentait envahi par une agréable mollesse. Le boulevard, chantiers abandonnés, n'était que silence. De longues files de taxis aux chauffeurs somnolents, attendaient sans conviction un client de passage.

Devant la mine de Marie, Fernand crut à une discussion entre deux amoureux et préféra s'éclipser.

Quelques rares promeneurs découvraient, au petit pas, cette ville grouillante, frappée de torpeur, où l'immobilité devenait la règle, le mouvement l'exception.

C'était un mardi, pourtant tout semblait dolent. Au restaurant, le grand calme. Le client solitaire était gâté, choyé par une escouade de garçons empressés que dirige, moins sévère que de coutume, Fernand et son épouse. Le boulevard Saint-Michel demeura d'une aimable et tranquille monotonie. Peu de piétons, moins encore de voitures. La chaussée n'était pas plus encombrée que les trottoirs. Quelques autobus circulaient à peu près vides. Les boutiques ouvertes semblaient mortes, à l'exception des cafés ; tout donnait l'illusion d'une ville évacuée à la hâte.

Au croisement des boulevards Saint-Michel et Saint-Germain, il y eut un moment où toute la population se composa de trois gardiens de la paix et de deux religieuses, qui semblaient, un peu effarées, sortant de la bouche du métro. Plus loin, la rue Saint-Jacques assoupie, menait, sans encombrement aucun, vers le lycée Louis-Le-Grand. Quelques voitures circulaient : il y en avait en tout, dix-sept ; Boris prit le temps de les compter. Jusqu'au jardin du Luxembourg, les innombrables chaises de fer, strictement alignées et disponibles, avaient la tristesse des choses inutiles. Tout Paris était suspendu à ces instants impossibles, déchiré entre la vie et la mort, pour une incompréhensible histoire d'amour d'un jeune homme qui délaisse son amie pour retrouver sa mère.

Marie avait sur son visage, une expression d'abattement tellement visible que si Boris n'avait pas été dans le même état, il s'en serait aperçu.
Pendant que son cœur battait à tout rompre, son corsage palpitait, ses lèvres s'étaient desséchées tout à coup. Boris quant à lui, semblait avoir une figure vieillie, méconnaissable. Une petite cicatrice sur son front gonflait et lui donnait un air de vieux monsieur ; ses yeux injectés de sang, noyés dans des larmes de chagrin, peinaient à fixer les gens et les choses. Ce qui n'avait pu changer, c'était le son de sa voix, c'était aussi le regard profond et flou de ses yeux, cette habitude qu'on lui connaissait de promener ses yeux et de vous fixer sans vous voir. Un son de voix unique, comme un écho lointain des jours tranquilles vécus ensemble, en amis, en étudiants heureux de vivre et avec un cœur d'enfant.

Elle eut très peur d'entendre des paroles qui lui enlèveraient peut-être tout espoir de sauver son ami. Le silence fut lourd ; de ces silences insupportables et qu'elle préféra écourter.

- Que je te raconte, lui dit-elle.

Marie prit la peine de lui narrer par le détail sa discussion toute fraîche avec Rémi, sans omettre le moindre détail : il n'était pas temps de se faire des cachotteries, tout étant bon pour le sauver de l'irréparable.

Boris trouva que Marie avait fait son possible ce qui ne l'empêcha pas de la traiter de tous les noms, puisqu'elle seule avait main sur lui et pouvait le convaincre de changer de projet.

- Si toi tu n'y arrives pas, qui peut ?
- Je ne sais pas ! J'ai essayé, j'ai échoué…
- Pourtant, il t'aime, ça transpire de tous ses pores, ça se voit dans chacun de ses gestes, dans l'attention accrue lorsque tu parles, dans la lumière qui brille dans ses yeux lorsque tu arrives. Toi, tu ne peux pas t'en rendre compte, tu es l'objet de son amour, mais moi je vous vois. Parfois même je suis gêné, je suis de trop. Tu comprends ?

Marie sembla surprise de son intervention.

- Pourtant on ne fait rien…
- Mais je ne t'accuse pas. L'amour rend bête et aveugle ; tu ne vois rien. Tu n'as jamais remarqué la morne tristesse de sa figure depuis quelque temps ? Son regard qui se perdait sur la grande route de la vie et qui fouillait l'horizon ? Tu n'as jamais deviné sa pensée toujours fixée sur le même espoir, ah ma pauvre…

Marie était en larmes, s'en voulant de sa cécité.

- Je suis sotte, je suis nulle, je n'ai rien vu.

-   Tu te rends compte, tu as échoué, maintenant c'est
    fichu. Que veux-tu qu'on fasse ?

Au bout de quelques secondes, Marie sembla se reprendre ; elle fronça les sourcils et, autoritaire, demanda à Boris:

-   Et toi ? Qu'as-tu fait ?
-   Of…
-   Of ? C'est que tu n'as rien fait ?

De triste et abattue, la mollesse de Boris eut pour effet de dynamiser Marie.

-   D'accord, je n'ai pas été efficace, mais toi, tu es
    son ami, celui à qui il se confie naturellement, à
    qui il parle plus simplement, sans mots fleuris.
    Non mais…

Il se redressa, secoua la tête comme pour en extraire un souvenir récent, passa la lèvre sur le bord de la tasse de café de Fernand. Comment lui dire que …

Il n'osa pas lui dire qu'il n'avait rien fait, qu'il s'était réfugié sur les bancs de la place St-Michel. Il regardait sans voir des jeunes gens faire du roller sur la place. Il se sentait dépassé, fatigué, guère dans le coup. En sortant de la salle de travail, il était comme assommé. Il traversa la rue sans besoin, se heurtant aux passants, s'arrêtant pour regarder sans voir, à l'étalage d'une boutique et reprenant sa marche, ignorant où il allait. C'est assis sur un banc du pont de l'Institut, qu'il se retrouva, suivant des yeux le cours de l'eau, à côté d'un marchant africain, près de son carton de sacs à main Vuitton, mordant son casse-croûte.

Et, malgré lui, il parvint à reprendre quelque force. Son regard mélancolique se portait piteusement sur les bâtiments scolaires devenus monuments.

Quand il entra dans un petit restaurant du quartier où il allait parfois déjeuner, la salle était vide ; la clientèle rassasiée et partie. Il eut honte d'avoir fait signe à la vie, alors que son ami cherchait à la quitter. On le servit cependant, et il mangea du bout des dents, ayant le cœur si gros, lorsqu'arriva une autre personne. C'était un jeune professeur d'une quarantaine d'années, très soigné de sa personne, vêtu avec recherche et non sans quelque prétention à un certain cachet, contrairement à ses congénères, assistants d'université. Il l'avait vu bien des fois et se rappela que l'homme avait été l'assistant qui avait encadré le travail de Rémi. Le voilà ; il déjeunait dans cet humble restaurant, consacré aux étudiants. Pour quelle raison le hasard l'avait-il mis sur sa route ? Il n'en savait rien. Boris mordait son sandwich et pensait à son ami. Décidément, même le ventre plein, il était incapable d'avoir une idée !

Boris n'avait jamais vécu pareille situation, il avançait tout droit, comme un soldat au feu, tout plein uniquement d'une idée : parvenir à sauver son ami Rémi. Tout le courage, c'est parfois tout le désespoir, il faut y mettre toute sa vie et plus tard, il sera possible, au mieux de jouir de sa réussite. Il se disait que le sauver, devenait tellement difficile, qu'il fallait que ce fût un chef-d'œuvre d'exécution, aidé par les doigts d'un Dieu, bien souvent facétieux.

Il quitta le bistrot et s'en vint à la fac, monta les étages et poussa la porte de l'amphi ; il était désert. Il s'installa au dernier rang et appuya la tête sur ses bras posés sur la tablette.

Pour la dixième fois, le silence s'installa entre eux…. Mais un silence plus long qu'ils semblaient ne plus oser rompre. Un petit vent frais soulevait quelques feuilles sur le trottoir, annonçant un orage prévu par la météo.

>   - On ne va pas rester les bras ballants ? dit-elle ragaillardie.

- Non, mais qu'est-ce que tu proposes ?
- Je ne sais pas, si nous avons tous les deux, toi et moi, ses meilleurs amis, fait chou-blanc, c'est qu'il fallait aller plus haut.
- Je ne comprends pas…
- Mais sa famille, il n'est pas orphelin. Je pense, poursuivit Marie, qu'il faut joindre son père.
- Tu le connais ?
- Non, mais on s'y mettant à deux, on pourra l'avertir.
- Si tu veux…

Sans le laisser poursuivre sa phrase, Marie, emportée par un élan qui semblait complètement éteint il y a peu, ferma les yeux sans doute pour mieux lister les points à accomplir, et lui dit :

- On va d'abord supposer qu'ils ont le même nom. Je sais que sa famille est de Meudon. On peut regarder l'annuaire téléphonique.
- Les pages blanches ?
- Non, coupa-t-elle. J'ai déjà songé dans d'autres circonstances à regarder…
- Tu étais amoureuse, fit Boris avec un sourire carnassier.
- Ne m'interrompt pas, s'il te plaît, on a mieux à faire que d'écouter tes plaisanteries. Donc sur les pages blanches, il y en a trop et on ne s'en sortira pas. Je pense aux pages jaunes…
- Celles des entreprises. ?
- Absolument. Un jour il m'a dit que son papa avait une entreprise en relation avec le bois.
- Le *bois* d'arbre ou le *bois* matériau ?
- Je n'en sais rien. Si chacun sort son portable, avec le réseau wifi du père Fernand, on y arrivera.

Elle n'eut pas besoin de reprendre que Boris avait déjà ouvert le sien et pianotait les commandes. Les deux amis sortirent un papier et un crayon et au bout d'un quart d'heure, deux longues listes étaient faites, commençant pas *Bois international* et se terminant par *Vernier boiserie* ; Vernier étant le nom de Rémi.

Les deux jeunes avaient entrepris de faire un travail à la chaîne s'encourageant l'un l'autre et pianotant avec adresse les numéros déjà marqués. Le travail fut harassant, machinal, … Tout en appelant, intervenant, disant bonjour, au-revoir, merci, les deux amis se demandaient ce qu'il fallait dire au père pour qu'il intervînt au plus vite, qu'il laissât tomber son activité et qu'il arrivât, toutes affaires cessantes, à leur secours… au secours de son fils.

Ils œuvrèrent ainsi, sans réfléchir, mécaniquement, et les réponses négatives défilaient ; ils raccrochaient, ils espéraient à nouveau, puis les attentes derechef, étaient douchées.

Ils se partagèrent encore une fois le travail, efficaces comme de petits soldats, les espoirs plein le cœur. Sans doute, pensaient-ils aux mêmes choses, mais par un accord tacite, ils évitèrent l'un et l'autre de rompre le glacial silence qui les plongeait dans une sorte de paralysie.

- Marie, dit-il.

Elle se retourna et nota sa triste mine.

- On y arrivera, dit-elle dans un souffle ; on est deux, on n'est pas cloches. Si on se débrouille bien, et je n'en doute pas, on y arrivera. Crois-moi.

Elle sourit à Boris, visage d'une noble gravité et au fond des yeux, semblait flottait une tristesse lointaine que corrigeait un petit sourire de sa bouche aux lèvres épanouies. Il lui rendit son sourire, se leva et sans composer le numéro qui suivait, prit Marie dans les bras et la serra fortement contre lui.

Puis vint enfin une réponse positive. Ils trouvèrent l'entreprise dirigée par le père de Rémi, mais hélas, le directeur était absent. La secrétaire qui les accueillit, promit d'informer monsieur Vernier dès son arrivée. On lui fit comprendre que la vie de son fils était en jeu et tout retard serait fatal. La dame fit des promesses et les deux jeunes gens durent s'en satisfaire.
Ils se dirent que si d'ici dix minutes le père n'intervenait pas, ils devraient changer leur fusil d'épaule.

Chapitre 15

Rémi allait mieux depuis sa tentative de suicide, c'était au mois de mai 2012 ; il se vit à l'approche du brevet des collèges ; il n'était presque plus le même : relâché, adouci, sur le chemin du jeune adulte. Comme par miracle, les harcèlements cessèrent, il travaillait mieux, il réussissait plus facilement, c'était tout juste s'il ne se faisait pas de nouveaux amis.

Avec ses camarades de classe, les relations demeuraient compliquées, mais il était parvenu à se faire des copains de cantine. Avec eux, il était charmant et se montrait enjoué, rieur, parfois volontaire, mais capable de revenir à la raison et gardait ses colères fréquentes qu'il dirigeait vers lui-même. Il pleurait moins le soir dans son lit ; il osa dire un soir qu'il fut surpris les joues mouillées : « Je pleure pour m'amuser ! »

- Quel comédien ! dit à voix basse le Passé.
- Non, pas encore vous, coupa Rémi, commençant à s'énerver. Arrêtez !
- Toi qui as toujours la dent si dure contre les autres… on peut bien se dire ses vérités entre quatre-z-yeux.
- Mais quelle terrible vérité avez-vous donc à me jeter à la face ?
- Je voudrais simplement te conseiller un peu plus d'indulgence, mon petit.
- Envers qui en aurais-je donc manqué ?
- Envers tout, envers tous ; même envers toi. Et voilà ce qu'il y a de plus piquant c'est que tu ne t'en aperçois même pas. Rien ne trouve grâce à tes yeux ; personne n'a une pointe d'esprit que tu ne le tournes en ridicule.

- Moi ? Non, impossible. Vous ne me connaissez même pas.
- Tu bouscules tout le monde, autour de toi.
- Je commence à avoir des amis…
- Mais qui vont t'oublier et à la rentrée prochaine au lycée, tu seras seul, comme toujours. Tu es souvent en colère, renfrogné, prêt à mordre.
- Moi, je suis doux comme un agneau !
- Misère ! cessons là cette discussion. Tu es stupide et aveugle. Tu ne te vois pas, tu ne t'entends pas. Tu vas vers ta ruine et l'an prochain ce sera pire encore.

Rémi l'étudiant vit Rémi le collégien courber l'échine, se replier sur lui-même et reprendre sa place sur le banc public, à sa place habituelle lorsqu'il boudait, loin des autres, pour ruminer une colère ou préparer une vengeance.

Le Passé reprit :

- La colère est la plus terrible des ennemies comme la raillerie trop âpre, la tienne et qui n'est en somme qu'une forme de colère. Si tu veux te moquer des choses et des gens, fais-le en riant, avec indulgence ; ne te laisse jamais prendre par le petit frisson de l'indignation, de hauteur, qui est détestable pour le système nerveux.
- Je ne vois pas à propos de quoi vous me faites mon procès ; je suis là pour me reposer, pour souffler et puis essayer de passer un bon moment.
- Je le reconnais, sans que je sache pourquoi, à te gronder comme si tu étais toujours ce gamin commode que j'ai connu.
- Alors merci, dit le jeune Rémi.
- Pas de quoi ! C'est peut-être notre dernière rencontre, alors j'ai un testament !

- Pourtant les gens comme toi ne meurent jamais…
- Non, mais je peux disparaître à tes yeux, estimer avoir donné mon dernier conseil et te laisser poursuivre ton chemin tout seul.
- Bon débarras, merci… Ne vous bilez pas, je vous écoute.

Le Passé fit un sourire plein de tendresse à Rémi, s'enroula dans sa houppelande comme pour se concentrer et fixant l'adolescent des yeux, lui dit :

- Tu es jeune, mais tu ne le resteras pas. La particularité de la jeunesse, c'est la verve, une verve débordante et touffue. Comme l'épanouissement soudain des fleurs au printemps ; un flux de mots s'épanchent comme une source qui crève les conduits. Ces mots s'appellent les uns les autres, éveillés par la consonance et, sur ces sonorités, ils rebondissent en se multipliant. Ce sont les arabesques, les euphémismes, les ellipses qui forment des phrases et puis, tout à coup, des expressions ramassées, des formules pleines, vives, des coins de phrases où la lumière se joue comme sur les facettes d'un diamant.
- Et où voulez-vous en venir ?
- Laisse-moi poursuivre. C'est à travers ce fouillis que la pensée se joue, espiègle, bouffonne ; elle se montre, elle se cache, parfois, elle disparaît. L'idée est bien là, mais elle est cachée et passe après la phrase. Une pensée se dessine, apparaît. Mais est-ce bien celle que tu voulais exprimer ?
- De quoi m'accusez-vous ? demanda Rémi.
- Je ne t'accuse pas ; je te dis de te méfier de la vivacité de ta pensée. Lorsqu'on a si peu d'amis,

on ne doit pas gaspiller leur commerce. Prends le temps de les chérir si tu veux les conserver.

- C'est bien pour ça que je retarde mes projets… répondit Rémi l'étudiant.
- Quels projets ? Ah ! Je vois.
- Je m'occupe d'eux, je ne veux pas les abandonner. Je ne sais même pas s'ils sont capables de s'en sortir sans moi !
- Tu vois ?
- Quoi donc ? Vous me fatiguez avec cet air hautain de celui qui a toujours raison…
- Mais j'ai toujours raison !

A ces mots, le Passé disparut, comme s'il s'était faufilé derrière un mur de fumée. Rémi l'étudiant, se voyait comme à travers une fenêtre. Il se leva et se dit qu'il devait revoir ses amis ; Marie et Boris, ne devaient pas être bien loin. Il sortit son téléphone de sa poche et composa le numéro de son ami. Ce fut au troisième coup qu'il se traita d'imbécile : « Comment pourrait-il me répondre puisque tout le bâtiment est protégé des ondes ? Pas grave, je recommencerai plus tard ! »

Chapitre 16

Le 22 mai 2018 à 12h30
Boris voyait l'heure avancer et, comme un boomerang, se rappela qu'il devait exposer son mémoire à 13h.
L'un ou l'autre ! Dilemme terrible, dilemme fatal pour la raison, pour la conscience ; pour la liberté ! Eh bien non ! Ni la raison, ni la conscience, ni la liberté, n'en sont réduites à cette abdication d'elles-mêmes ; elles n'ont pas, Dieu merci, cette tyrannie de part et d'autre à subir et, si étroitement que le dilemme s'efforce de resserrer ses branches de fer, il ne retiendra que les faibles qui voudront se laisser prendre. Boris, d'un esprit plus combattif ou plus calme, ayant choisi pour guides la vérité seule et la justice, ne s'inquiétait pas ; il savait qu'il parviendrait à son but.
Pourtant, tout allait trop vite, tout allait trop mal. Il ne pouvait être à la fois devant le jury et courir derrière Rémi. Il fallait sauver ce qui lui semblait le plus facile.
Boris en parla à Marie et préféra l'abandonner quelques minutes, le temps de filer en direction du bâtiment de recherche pour informer son assistant de son désir de repousser son passage d'une heure ou deux ; il prétexta des problèmes personnels, ce qui était largement le cas.
En deux minutes, il fut devant la porte et, sur le point de s'annoncer, son téléphone se mit à sonner.
-    Allo ! Ici Rémi…
Boris était tout étonné, la moitié du monde se fût écroulée sous ses yeux l'aurait moins frappé. Emu, par la détresse qu'il a reconnue dans la voix de Rémi au téléphone, il hésita avant de le reprendre. En effet, de quel droit, pouvait-il arguer pour le réprimander, et cela n'allait-il pas le convaincre de raccrocher ?
-    Oui, c'est toi ?

- Ne me dis pas que tu appelles pour m'engueuler ?
  Si c'est le cas, fais vite, j'ai autre chose à faire.
- Comme quoi ?
- Mais te sauver, pardi ! C'est grave !
- Mais ça va…
- Comment vas-tu ? demanda Boris.
- Ça ne te regarde pas, et puis, c'est moi qui
  appelle.
- Attends, je t'ai sonné dix fois depuis une heure et
  tu ne réponds pas !
- Oui, j'étais occupé. J'avais à faire ; il fallait tout
  boucler.
- Boucler ? T'as des valises à déménager ? Non, je
  perds pieds avec toi. Arrête !
- Calme-toi, dit Rémi avec autorité. Je suis là, à
  l'autre bout du fil pour savoir si tu as trouvé le
  temps de reprendre les points les plus délicats de
  ton mémoire.

Comme pris en défaut, Boris ne savait que répondre.
Rémi questionna :

- T'es où ?
- Bâtiment C.
- Mais c'est celui des profs ; non ?
- Tu as raison.
- Pour quelle raison ? Quelle nouvelle catastrophe ?
  dit Rémi sur le ton de la remontrance.
- Rien, je voulais voir Bachelot, l'assistant.
- Je croyais qu'on avait tout réglé…
- Oui…

Boris aurait tant aimé lui mettre le nez devant ses
contradictions : vouloir que tout se passe bien et en
même temps être celui qui crée les plus grosses
tempêtes ; il aurait tant aimé l'empoigner, le colleter et
lui faire comprendre que tout le monde était inquiet pour

lui. Boris était bien conscient que cela manquait de tact et de politesse que de critiquer son partenaire, ni pendant le coup, ni après le coup. Il en est qui abusent de leur science ou de leur prétendue science, et qui bien souvent ne sont nullement infaillibles, mais refusent aux autres l'indulgence dont ils auraient besoin pour eux-mêmes.

« Comment lui faire comprendre ? » pensa-t-il.

Rémi reprit :

- Tu ne me dis pas tout…
- Non, on ne dit jamais tout, on a tous un petit jardin secret.
- Je veux bien, mais je parle de choses qu'on se dit entre amis. Allons-nous cesser de l'être ?

Boris trouva la question incongrue, sortant de la bouche d'une personne qui s'apprête à se suicider ; il en était tout retourné.

- Ecoute Rémi ; je n'ai jamais eu un ami comme toi, et sans doute, je n'en aurai pas d'autres. C'est une amitié qui vivra au-delà de nos vies respectives et n'ai-je pas assez fait pour te le prouver ?
- Si, si, répondit Rémi évasivement.
- Toi et moi, avons répugnance à prononcer des serments ; on ne s'est pas juré une amitié éternelle, mais les choses nous sont tombées dessus, comme la pluie, comme l'orage, sans s'y attendre. Toutefois, pas plus que les autres hommes, notre relation n'est pas parfaite mais sacrée.
- Oui, oui, blabla et tout et tout ! Je ne t'ai pas appelé pour ça, je te connais et je sais que je peux compter sur toi ; je voulais uniquement savoir si tu as réglé tous les problèmes pour ton mémoire. As-tu pris le temps de revoir les mesures ?

Boris se sentit incapable de mentir.

- Pas vraiment…
- Mais qu'est-ce que tu fais ?
- J'avance, j'avance…
- C'est-à-dire ?
- Je ne sais pas. (Boris avait du mal à contenir une colère à fleur de peau. Il s'échinait à sauver un ami qui n'avait de cesse de le morigéner, de le tancer comme s'il se fût agi de son père. Cependant, il parvint à se calmer et à maîtriser sa voix :) Je vais être prêt, ne t'inquiète pas.

A quoi bon s'énerver à vouloir corriger un ami sourd à ses conseils ? Puis Boris pensa à l'assistant qu'il avait croisé au bistrot auparavant. Manuel, oui Manu ; oui, c'est ça. Tout le monde le trouvait sympa alors que Rémi le considérait avec un œil encore plus bienveillant. Boris, sans y trouver une once de jalousie, crut déceler chez son ami le plaisir de discuter avec un homme plus âgé que lui, peut-être une sorte de substitut d'un père absent. Mais au fond, il n'en savait rien et préférait s'abstenir de faire de la psychologie de comptoir.

Rémi reprit :

- Et tu penses que tu seras prêt pour cet après-midi ?

Boris dut se pincer les lèvres pour cacher la vérité :

- Oui, j'en suis sûr, on a fait les derniers réglages avec Marie.

Puis au bout de quelques instants de silence, Boris ne put s'empêcher de revenir sur le sujet :

- J'aimerais tant qu'on se voie.
- Mais on s'est tout dit…
- Justement, non. Il nous reste encore plein de choses à se raconter. C'est ce qu'on appelle la vie…

- Mais tu le sais, je pars, je ne peux plus retarder. Je suis tranquille, tu es prêt pour tes épreuves, Marie se porte bien et en plus, tu m'as promis de veiller sur elle. Je pars l'esprit apaisé.
- Je vois.

Sans s'avouer vaincu, Boris préféra se taire : après autant de cris et de tumulte, doit succéder un silence encore plus fort, plus éloquent, que l'amitié impose… Un silence pour partir en paix, s'il le faut, mais pas avant encore une nouvelle tentative.

Boris raccrocha et disant un simple au-revoir, fila en direction du bistrot dans l'espoir d'arriver à temps pour rencontrer l'ancien assistant.

Chapitre 17

Le 03 mai 2002

Maman-Louise venait de retirer le bulgomme après avoir plié la nappe, elle était sur le point d'entrer dans la cuisine, quand elle s'arrêta sur le seuil.

-       Mon chéri, Rémi…
-       Oui maman, répondit-il aussitôt.
-       Il faut que tu ailles au lit au plus vite, demain c'est lundi. Il faut que tu te couches de bonne heure.

L'enfant protesta :

-       Oh ! maman ! D'habitude tu me laisses veiller avec vous deux.

Mais sans se laisser émouvoir, elle répondit :

-       Bientôt la rentrée à l'école primaire, tu l'oublies ? Tu ne dois pas être en retard ! N'est-ce pas, *Papa* ?

En présence de son fils, maman-Louise avait pris l'habitude d'appeler son mari *Papa*. Ce dernier laissa tomber son journal sur ses genoux et, regardant sa femme par-dessus les verres de ses lunettes, approuva :

-       Tu as raison, Louise, tu as toujours raison !

Et il reprit sa lecture interrompue, sous la lumière verte de la suspension, dans le silence lourd, et un peu triste, de la salle à manger. Tandis que l'enfant s'occupait à feuilleter un livre d'images, Louise demeurait les yeux fixés sur son mari et, comme ses doigts inactifs laissaient vagabonder sa pensée, elle accepta de la suivre à travers son existence ancienne. Mélancolique et poignant retour dans le passé ! Elle se revoyait jeune fille, confiante en l'avenir parce qu'elle connaissait sa beauté, certaine de l'avarice de son bonheur futur parce que trop de soupirants le lui promettaient. En ce temps-là, elle ignorait la loi de l'argent. Ses parents n'avaient pas de fortune. Louise ne s'en souciait pas. Hélas ! sa famille s'en préoccupa pour elle et le fiancé qu'on lui offrit un jour, ne fut aucun des jeunes gens élégants, aimables, spirituels dont elle rêvait. Ce fut tout simplement Papa ; il était plus âgé qu'elle. Il était surtout, à près de trente ans, déjà chauve, déjà gros, déjà congestionné. Ses vêtements avaient mauvaise coupe, ses galanteries étaient lourdes comme sa personne et sa conversation ne s'élevait pas au-dessus des banalités courantes. Seulement, ce monsieur, chef d'entreprise, acceptait de la prendre pour épouse. Les parents de Louise furent éblouis d'une telle aubaine. Ah ! le charme discret des patrons ! Malgré les réticences de maman, le mariage s'accomplit. Comment aurait-elle pu leur dire qu'elle fréquentait un autre jeune homme qui, comme elle, terminait ses études de géographie ? Comment aurait-elle pu leur avouer que leur relation, discrète et platonique, avait pris une tout autre tournure avec le temps. Les deux jeunes gens commençaient à se promettre des paradis avec des éclats d'étoiles dans les yeux. L'impécuniosité de l'ami, la situation du promis, l'insistance des parents firent leur effet et Louise dut accepter, la mort dans l'âme, le mari … puis à la même époque, Philippe montrait des envies de partir plus loin.

Peu de temps après, il y eut Rémi et la joie de sa naissance. Puis suivirent de longues années qui semblaient maintenant à maman Louise des années d'immobilité morne, de silence et de vide. Non pas que son mari eût quelque défaut notoire, il se montrait au contraire soucieux des intérêts du ménage, bon garçon, prévenant, soumis même aux fantaisies de sa femme. Mais celle-ci avait tant rêvé de trouver dans le mariage une grande passion qu'elle ne pardonnait pas à *Papa* la platitude de son caractère et la rusticité de son physique.

Louise, peu à peu, avait senti monter en elle une sourde révolte. Heureusement ou malheureusement, c'est selon, il y avait Rémi lui apportant beaucoup de joie.

Cet enfant, à la fois son bonheur et l'image de sa vie triste, Louise n'avait jamais pu l'aimer de cette affection exclusive et totale que connaissent seuls, les cœurs de mères. Elle fut pour lui une gardienne vigilante, une éducatrice scrupuleuse. Elle le vit grandir avec plus d'étonnement que de joie. N'était-il pas ce fils, un rappel incessant des années qui s'accumulaient sur ses épaules ?

Puis le hasard malicieux et coquin qui fait croiser les pas de la famille et de celle de Philippe. Maman Louise se plut à vivre en sa compagnie. Elle y trouva bientôt plus de plaisir encore. Ce fut l'immuable roman, la cour discrète d'abord, puis plus pressante, les serments, les révoltes, les abandons. A Meudon, la jeune femme retrouva celui qui, enfin, celui qui occupait largement ses pensées. La tentation fut trop forte. Louise consentit.

L'instant même du départ fut fixé et cet instant, il allait sonner cette nuit, à l'heure où Rémi dormirait comme un ange dans son lit blanc, où papa, insensible, reposerait dans sa chambre solitaire. Louise, l'esprit un peu engourdi par la tiédeur de la petite salle à manger et son silence pesant, ne pouvait arriver à croire que la minute décisive fût si proche. Elle n'éprouvait aucun remords à rompre avec sa vie présente, mais une sorte de vertige qui lui faisait douter de la réalité. Pour s'arracher à cette torpeur, elle dut fixer davantage son mari. Sa vue nette et incisive de femme lui fit remarquer le visage empâté de Papa, ses cheveux rares, son ventre proéminent, son apparence ridicule d'homme trop débonnaire. Décidément elle ne ressentait point de regret à quitter un tel mari ! Quant à Rémi, il avait cinq ans ou presque. Il allait entrer à la grande école bientôt. Il n'avait plus besoin de ses soins. D'ailleurs, *Papa* ne serait-il pas là ? Alors, libérée de tout souci, Louise ne songea plus qu'à elle-même.

Dans la grande glace qui lui faisait face, elle s'apercevait confusément, mais sa vanité suppléait aux incertitudes de la pénombre. Elle se voyait, à trente ans, aussi belle qu'à vingt, plus femme, plus épanouie, plus tentante. Ses cheveux, d'un noir épais, encadraient son visage, faisaient ressortir la pâleur du teint. Ses yeux luisaient. Sa taille harmonieuse et ronde conservait sa souplesse. Et l'espoir du bonheur prochain donnait à toute sa personne une grâce, un charme dont seule elle savait la cause.

- Maman, je monte dans ma chambre, dit le petit Rémi
- Viens que je t'embrasse, mon chéri.

L'enfant se redressa et, obéissant, alla tendre son front au baiser de son père. Il voulut faire de même avec sa mère. Mais celle-ci, troublée tout à coup en songeant qu'elle ne reverrait sans doute jamais ce petit homme, émue de lui donner sa dernière caresse, attira Rémi dans ses bras et le serra sur son cœur avec une tendresse soudaine. L'enfant, délicieusement surpris, se laissa faire et rendit à sa mère ses baisers.

Maman-Louise ne quitta la maison que deux jours ; deux jours au cours desquels aucune pensée n'allait à son ami. Elle ne pouvait effacer les images de Rémi et de *Papa*. L'avenant ami déploya efforts et grâce, mais ne récolta de Louise que froideur et distance. Il se crut responsable de l'échec de l'aventure, mais comprit aux aveux de la dame qu'il n'y était pour rien. Pour le bonheur de Rémi et la satisfaction de papa, maman revint au foyer et les deux hommes, le grand et le petit, lui firent la fête.

***

Parvenus à se retrouver, à se remettre ensemble, la vie reprit son cours.

« Pour l'enfant » avait dit Louise. « Pour Rémi, avait répété *Papa* ! »

La bûche, au fond de la cheminée, achevait de se consumer avec des lueurs de crépuscule et d'aurore. Par instants, sur les cendres fines, la braise s'écroulait en décor d'incendie. Et, restés seuls au salon, Louise et *Papa* commençaient à se sentir tellement gênés de leur propre tête-à-tête qu'ils affectaient de s'intéresser à ce spectacle fascinant, mais tout de même, à la longue, un peu monotone. Leur brouille datait de la matinée, une brouille supplémentaire, comme la veille et en attendant demain.

Et c'est parce que Louise trouvait que son mari accordait un peu trop d'attention aux beaux yeux de Mathilde qu'elle lui en avait manifesté son émotion avec une vivacité tout à fait inattendue. Troublée par cet événement, à propos duquel elle avait arraché à sa tante quelques confidences, et qui jetait un désarroi dans la gaîté générale, la bonne tante avait bien tenté, à plusieurs reprises, d'intervenir en médiatrice. Mais *Papa* entendait rester sur ses positions. Quant à Louise, elle s'était, chaque fois, montrée irréductible. D'abord, elle était trop fière pour revenir la première et puis, elle n'avait pas oublié les conseils d'une amie, mariée depuis peu, et qui lui avait dit :

« Rappelle-toi, ma chère, que si tu veux avoir barre sur ton mari, c'est dès la première scène de ménage qu'il te faudra prendre une attitude. Ne cède jamais ! Si, au début, tu te montres ferme, il saura à quoi s'en tenir et agira en conséquence. Au contraire, si tu manques de caractère et que tu fais la moindre concession, tu es perdue ».

La marraine, de désespoir, en avait levé les bras au ciel. Que pouvait-elle faire en face d'une jeune cervelle imbue de tels principes ? Et, pour bien montrer à son mari qu'elle était décidée à le traiter par la manière forte, Louise avait commencé par ne plus lui adresser la parole de la journée, allant à droite quand il allait à gauche, et s'engageant dans une voie qui n'était pas sans inspirer à son entourage quelques inquiétudes. Chacun se demandait comment s'y prendre pour les rabibocher. Cependant, comme elle ne pouvait raisonnablement passer sa nuit à regarder brûler les bûches, Louise finit par prendre un parti.

Quand onze heures sonnèrent, elle se leva et à petits pas nerveux, gagna silencieusement sa chambre. Papa l'y suivit. A le sentir sur ses talons, elle éprouvait, à vrai dire, une petite anxiété. Persistera-t-il longtemps encore dans sa réserve offensante ? Consentira-t-il à s'endormir sans lui avoir dit bonsoir ? Le cœur lui battait. La porte refermée, pour lui donner le temps de la réflexion, elle prolongea intentionnellement sa toilette de nuit. Elle en fut pour sa peine. Au lieu de mettre à profit ces lenteurs, *Papa*, avant de se dévêtir, s'attarda lui-même à des riens. Alors, voyant qu'elle se montrait magnanime en pure perte, elle se coucha la première. Une fois au lit, elle se pelotonna tout au bord du matelas, de manière à bien déterminer la frontière sur le lit, chacun disposant d'une moitié. L'ayant, d'un geste involontaire, frôlé en s'écartant encore, elle s'en excusa d'une voix brève. « Pardon lui dit-elle ». Il lui répondit sur le même ton : « Il n'y a pas de quoi ». Puis, l'instant d'après, il lui demanda : « Puis-je éteindre ? » Elle répondit à son tour : « Si tu veux ».

Et, brusquement, ils se retrouvèrent dans l'obscurité. Elle en resta suffoquée. Pendant un long moment, une demi-heure peut-être, elle demeura ainsi, la respiration suspendue, les yeux ouverts, immobile dans les ténèbres, se demandant comment pourrait se terminer cette nuit.

Chapitre 18

Le 22 mai 2018 à 12h30

- Allo !
- Bonjour monsieur, répondit Marie, le doigt déjà prêt sur la touche pour recevoir au plus vite l'appel.
- Je suis monsieur Vernier, le papa de Rémi et on m'a dit qu'il fallait que je vous contacte de toute urgence.
- Oui, monsieur…
- On m'a dit que ça concerne Rémi. Mon fils. Il a eu un accident de voiture ?
- Non, monsieur. On a des nouvelles alarmantes et on est désarmés. On a besoin de vous.
- Mais je ne peux rien faire, je suis occupé.
- Non, je m'exprime mal ; c'est Rémi qui a besoin de vous. Il veut se suicider.
- C'est une blague ?
- Non monsieur. On ne rigole pas avec ça. Je suis son amie.
- Je ne savais pas qu'il avait une petite amie.
- Non monsieur Vernier, je ne suis pas une petite, mais une grande amie. On se connaît depuis trois ans et là, on a compris à plusieurs, qu'il voulait partir.
- Partir ? Comment ça ?
- Se suicider.
- Il faut l'en dissuader.
- Mais on a essayé ; en vain. Pour lui, ce n'est pas un suicide, mais un voyage pour revivre près de sa maman.

- J'entends mal, voulez-vous répéter ; je suis en voiture.
- Je l'avais bien remarqué, dit Marie et elle répéta mot pour mot ses interventions.
- Et maintenant ?
- Je disais donc, qu'avec son ami Boris, nous n'avons rien pu faire ; il ne reste que vous.
- Mais je n'ai aucun pouvoir.
- Essayez ! Il faut se rendre à toute vitesse chez vous ; on pense que c'est là qu'il se trouve.
- Mais c'est impossible. Là, je sors du périphérique de Tours, et il me faut au moins deux heures avec la circulation chargée pour être à la maison.
- Appelez-le.
- Mais il ne va pas répondre…
- Vous n'en savez rien ; il faut tenter sa chance.

Marie était bouleversée par l'indifférence de ce père, par la cruauté du sort qui s'acharnait sur ce garçon, par cette mort qu'elle voyait inéluctablement arriver. Elle était écœurée par le jeu du sort qui détournait le regard et mettait son ami dans une situation d'abandon. Que n'aurait-elle fait, si du moins elle avait pouvoir !
Voilà une conversation avec un père qui n'a pas vu son fils depuis plusieurs semaines, peut-être des mois ; un père qui semblait s'accommoder de cette distance, encore possible qu'il en fût la cause, et qui se plaignait de plus n'avoir le temps de gérer cette relation paternelle.
- C'est un entêté sous ses apparences de douceur…
- Je ne l'avais pas remarqué…
- Car vous êtes son amie ; il a dû vous rouler, comme il le fait à tout le monde. C'est un charmeur, un égocentrique. (il se tut quelques

instants, puis ajouta, comme pour lui-même :)
C'est une mule !
- Ce n'est pas toujours un défaut l'obstination …
- C'est exact, dit le père, car s'il en a les qualités, il
en pratique aussi tous les défauts.
Marie préféra laisser le père parler, lui offrant un moment
de silence.
- Donc, si j'ai bien compris, je dois me rendre à la
maison, là où il devrait se trouver et le convaincre
de prendre les choses autrement.
Marie pensant que son interlocuteur se parlait à lui-
même, comme pour mieux organiser ce qu'il devait dire
à son fils, le laissa faire.
- Mais pourquoi m'obéirait-il ? Il ne l'a jamais fait.
A vous peut-être… Mademoiselle…
- Oui…
- Il ne faut surtout pas me croire plus fort que vous.
Il ne m'a jamais écouté. Il était toujours dans le
giron de sa maman et la vie a été difficile pour lui
à l'école. Vous le saviez ?
- Non, pas vraiment. Ça ne se voyait pas. Il a l'air
bien cool…
- Ah bon ! Tant mieux. Mademoiselle, je peux vous
appeler par votre prénom ?
- Oui, bien sûr.
- Alors Marie, je suis perdu comme vous, et encore
davantage puisque je suis son père. S'il s'ouvre
parfois à vous, il est hermétique à mon égard.
Vous comprenez ? J'imagine que non ; vous
verrez lorsque vous aurez des enfants.
- Oh ! J'ai le temps…
- Sûrement !

Le père tout à sa conduite, semblait trouver ces instants propices à la confession, à moins que ce fût à la délation. Il n'avait que reproches en bouche contre Rémi.

- Dites Marie. Je vous ai dit que Rémi était têtu comme un âne. Il tient ça de sa mère... il a déjà posé problème mille fois ; sans doute ne vous en a-t-il jamais parlé, car de plus, c'est un orgueilleux. Il ne va pas s'étaler sur la place publique et surtout pas raconter les bêtises qu'il a déjà faites.

Marie muette depuis quelque temps, laissa le père vider ses récriminations, tout en espérant qu'il arrivât à temps et qu'il fût efficace. Toutefois, plus le papa déblatérait et plus elle en doutait.

- Je pense donc arriver vers 14h à la maison.

Puis :

- Ah, mademoiselle... je ne sais pas quelle image vous pouvez avoir de moi ; elle n'est pas belle... Vous pensez peut-être, que je n'aime pas mon fils. Je ne sais pas. Disons que je ne m'y suis jamais attaché. C'est ma façon d'être. Je dois l'aimer à ma façon. Puis ... comment dire, je ne sais pas ce que le mot amour veut dire. Vous y parvenez, vous ?

Inconfortable dans la conversation, Marie préféra laisser le père vider son trop-plein de mots.

- Vous ne répondez pas ; ça me rassure ; vous n'êtes pas plus forte que moi. Mais vous avez une excuse : vous êtes encore jeune ; vous verrez... Nous aimons autant, et souvent plus, les gens pour leurs défauts que pour leurs vertus. Puis, vous savez, l'individu aimé étant fait de l'alliage des défauts et des vertus, nous ne saurions séparer ceux-là de celles-ci. Le jour donc où les vertus seules émergent, votre personnage auréolé, homme ou femme, a cessé d'être le personnage que vous connaissiez ; il n'est pas sûr que vous demeuriez amoureux.

Marie particulièrement mal à l'aise, se donnait comme obligation de ne pas brusquer le père, sur lequel elle comptait tant pour sauver le fils.

- Je ne vous vois pas, mais je lis dans vos pensées. Vous pourriez croire que deux personnes qui s'aiment ne devraient pas se séparer, même momentanément, je veux dire même pour un très petit nombre d'années. Elles ne le doivent pas, sous peine de courir un risque total, parce que durant ces quelques années, chacun des deux absents vivra d'une vie à laquelle l'autre ne participera pas. Or cela est contraire aux lois les plus essentielles de l'amour, du moins tel que je le comprends.

Marie se colora d'une très légère teinte rosée. Toutefois, elle répondit sur le ton sérieux qu'elle avait pris dès le début de leur entretien.

- Ma définition de l'amour… Hélas ! monsieur, je n'en possède point et vous me demandez là une chose que je ne peux vous donner. Certes, j'ai comme tout le monde ma théorie sur ce sujet, une théorie probablement fort éloignée de votre façon de voir mais il ne m'est pas venu à l'idée de la réduire en une formule mathématique et d'en tirer une phrase choc.

Le père dut parcourir un kilomètre avant de répondre :

- Vous avez raison ; à quoi bon ? L'amour se moque absolument de nos analyses et tient beaucoup plus à la magie de l'instant. Je soutiens que l'amour est exclusif de toute autre grande préoccupation, qu'il ne saurait accepter une pensée rivale. Mon cerveau, peut-être asséché par les épreuves de la vie, n'a su garder les gens autour de lui. J'en suis malheureux. J'aime Rémi, mais à ma façon. Est-ce qu'il le sait ? Est-ce qu'il me comprend ?

S'apercevant de l'incongruité de la discussion, il s'excusa auprès de Marie et promit, quitte à se ruiner en contredanses pour excès de vitesse, de se rendre au plus vite chez lui.

Chapitre 19

Rémi s'approchait de sa maison de famille à Meudon ; l'esprit en feu, il pensa à maman-Louise. Il aimait sa mère d'une affection absolue ; despotique, instinctive, ainsi qu'une bête qui suit l'odeur des mamelles où il a puisé la vie à pleine bouche. Il ne serait pas endormi si elle n'avait pas été assise à côté de lui, si elle ne lui avait pas tenu la main. D'un mot, sans une gronderie, sans une menace, elle apaisait ses colères de tout petit ; il abandonnait ses jouets, toutes les parties commencées dans le jardin pour s'asseoir sur ses genoux, la frôler, s'engourdir en la tiédeur de son étreinte cajoleuse cependant que très lentement, avec de jolis mots de femme, elle lui apprenait des histoires extraordinaires de fées et de princesses. Ils ne se quittaient presque pas et il éprouvait vraiment de la peine, il pleurait silencieusement bien tard quand elle allait au travail, quand elle faisait ses visites. Il avait l'impression lancinante qu'on lui volait un peu de son cœur en ces moments où elle était loin de lui, et aussi l'effroi de ne plus la voir revenir. En grandissant, sa sensibilité devint si aiguë que sa mère s'en épouvantait comme d'une maladie. Elle répétait à tante Aline en secouant sa tête si précocement blanche qu'on l'aurait crue seulement poudrée à la mode de jadis :

- Cet enfant m'inquiète avec sa nature tendre, j'ai peur qu'il me ressemble plus tard, qu'il aime trop lorsqu'il aimera.

Rémi lui en voulait comme si elle l'avait injustement châtié quand, au parc de la ville et chez quelques amies, elle embrassait d'autres enfants, elle adressait un compliment banal à la mère. Il allait bouder dans un coin et rien ne parvenait à le dérider, à l'attirer à nouveau vers ses bras tendus.

- C'est donc que tu es aussi leur maman, à ceux-là, puisque tu les embrasses, disait-il, en sa logique d'enfant gâté et jaloux.

Un soir, il se rappela cela comme s'il était à nouveau étendu dans son petit lit. Maman le croyait endormi depuis une heure. L'abat-jour de la lampe était baissé très bas et enveloppait la chambre d'une grande ombre douce. Et, à certains passages de la lettre, une sale lettre de cocotte par hasard tombée entre ses mains, la pauvre femme sanglotait, avec des hoquets de désespoir, froissait, étreignait des doigts crispés ce chiffon de papier d'où s'évaporaient des relents d'héliotrope.

- Etre tombé à ça, balbutiait-elle, le misérable ! Moi, qui l'aimais, qui lui aurais donné ma vie, qui suis la mère de son unique enfant... Ma tante, j'en ai assez, je n'en veux plus, je veux m'en aller avec mon fils bien loin... Qu'ai-je donc fait, dis, pour être si malheureuse ?

Et tante Aline lui avait pris les mains dans les siennes, se mordillait les lèvres pour ne pas pleurer, elle aussi, s'évertuait à l'apaiser, à calmer cette âme trop meurtrie, trop saignante, se penchait contre elle très tendrement, s'exclamait ne sachant plus que lui répondre :

- Je t'en supplie, ne te fais pas de mal, ma chérie... tous les hommes se ressemblent, tu le sais bien, et ton mari est comme les autres.
- Sûrement pire que les autres...
- Brûle vite cette vilaine lettre et calme-toi, calme-toi, pour toi et pour lui.

Elle désignait de la main le petit lit où Rémi ne bougeait pas et faisait semblant de dormir. Alors, il eut cette sensation d'affreuse angoisse qu'elle ne lui appartenait plus, qu'elle ne l'aimait pas uniquement, absolument comme il voulait être aimé, qu'elle pouvait le quitter et qu'il serait seul au monde sans câlineries, sans tiédeurs, sans tendresse. Cela l'hallucinait comme la vision d'un grand trou noir vers lequel vous poussent d'invisibles poings. En un étrange soulèvement de rancune, il était désespéré, il avait le cœur tout gros de savoir qu'elle aimait son père ou un autre homme, à en pleurer, jusqu'à en être comme folle, il ne savait pour quelle cause, et il se leva tout à coup d'un élan avec la rage de la reprendre, de la consoler, il lui cria :

-    Je t'aime bien, petite maman, je t'aime bien, va !
Et toutes les deux, tante Aline et maman se précipitèrent aussitôt vers le lit, et maman-Louise le serra dans ses bras ; si étroitement qu'il sentait les grands battements de son cœur et des larmes couler une à une sur ses cheveux ; mais cette fois, c'étaient des larmes de joie !

Chapitre 20

Le 22 mai 2018 à 13h30
Rémi était devant sa maison familiale.
Dans son délire, il peinait à reconnaître les lieux. Il regarda le jardin : calme comme d'habitude. Il chercha du regard l'arbre qu'il avait jadis planté au milieu de la pelouse pour se rappeler maman. Le cerisier du Japon était couvert de fleurs, comme si maman souriait en le regardant. Il s'en approcha. Il crut reconnaître maman-Louise assise sur un banc. Elle était enveloppée dans son manteau bleu qu'elle affectionnait particulièrement et tenait entre ses doigts une cigarette. Il fut fort étonné, celle-ci ne fumant pas.

- Maman… maman.

L'ombre se retourna et Rémi s'aperçut que la dame avait le profil de sa mère, mais qu'il s'agissait d'une autre personne.

- Veuillez m'excuser, je vous ai pris pour une autre personne…
- Ce n'est pas grave. De toute façon, je t'attendais.
- Comment ça ? Vous saviez que je passais par-là ?
- Bien entendu, je sais tout sur toi, je connais même ton futur…

Sidéré par cette intervention inattendue, Rémi fronça les sourcils ; il fit une grimace qui fit rire la dame.

- Non, ne t'inquiète pas, il n'y a pas de magie ; je suis ta Destinée.
- Parce que j'en ai une ?
- Quel ballot ! Tout le monde en une ; je suis, si tu veux en mots simples, ton avenir. (Devant le silence du jeune homme, la dame poursuivit :) Et je suis là pour en parler.

Rémi ne savait si cela était rassurant ou bien inquiétant de croiser sa destinée. De toute façon, il se sentait plein d'indulgence pour cette dame au grand sourire qui rayonnait dans sa voix comme dans son visage ample, un peu charnue, alourdi d'une abondante chevelure brune. Elle avait un charme certain, dû sans doute à sa rondeur ; elle était riante, fraîche comme un bouquet de roses trémières et débordant d'un entrain décidé, quoique un peu factice, qui faisait se ranger tout de suite à son avis.

- Viens te mettre à côté de moi, et elle tapota l'assise du banc.

Obéissant, Rémi s'approcha et s'installa tout contre elle ; il la regarda et dit :

- Et maintenant ?
- Oh ! je ne peux rien te dire que tu ne saches déjà. Et puis …

Ils entendirent un bruit de pas dans leur dos, ils se retournèrent et virent le vieil homme s'approcher.

- Encore vous ? demanda Rémi.
- Comment peux-tu imaginer que l'on se débarrasse de son passé si facilement ? Parles-en à l'opulente dame assise sur le même banc que toi.

Rémi regarda fixement la dame.

- Je ne suis pour rien dans tes affaires, réagit-elle. C'est lui !

Et elle pointa le vieil homme du doigt.

Pour la première fois, Rémi prit le temps de le dévisager. C'était un petit être chétif, qui ressemblait à un vieux chef de bureau, avec une calotte râpée sur sa tête chauve, des lunettes sur des yeux fatigués, une plume d'oie oubliée derrière l'oreille, des manchettes de lustrine et des doigts tachés d'encre ; un homme d'un autre temps…

- Même pas ! rétorqua-t-il avec véhémence. Comment accuser le Passé lorsqu'on suit son destin ? Tu m'accuses de tout, de toutes les erreurs et de toutes les fautes de l'humanité. Je ne sais pas qui tu dois récriminer, je peux t'assurer que je n'y suis pour rien. Il faut plutôt accuser la suite d'erreurs, de bêtises que tu as faites et qui t'ont amené, de degré en degré à la liquéfaction complète. Pas sûr que tu sois solide. Gazeux ? Je demande seulement que de ces crises et de ces catastrophes on n'accuse pas la Destinée, ne serait-ce que pour sauver ce qui peut être sauvé de l'avenir.

- Tais-toi donc, voulut couper la Destinée.
- Vous n'allez pas m'arrêter en si bon chemin, dit-il s'adressant à la dame. Les anciens vivaient plus près que nous de la nature. Leurs oracles les tenaient en éveil contre le péril ambiant, et les inscriptions que nous lisons sur le seuil de leurs demeures nous les montrent préoccupés et circonspects. L'homme moderne, bien différent en cela de l'antique, oublie le Destin ; nous comptons avec la maladie, nous ne comptons pas avec l'accident. Ce qui arrive, arrive ; ce qui peut arriver n'existe pas.

Dame Destinée semblait contrariée et Rémi entre les deux personnages ne savait à quel saint se vouer. Le vieux monsieur s'approcha du jeune homme et lui prit la main.

- Suis-moi…
- Où ça ?
- Oh ! nulle part. Juste pour comprendre. Parmi les conserves qui figurent au menu de la table d'hôte des discussions, Rémi, se trouvent celles du Bonheur et du Malheur. Il n'y a rien de plus rance que cette maussade histoire ; et pourtant aucun

des convives à cravates blanches ou en bleu de travail, n'aura la prétention d'imposer son idée ou ses lois à la société. Conversations, livres, journaux, en sont pleins. Tant de tapage pour un problème d'une résolution aussi facile, irrite la logique au dernier point. Le bonheur comme le malheur, n'est pas un mal ou un bienfait émanant d'un Destin aveugle et tout puissant, par cette raison bien simple que le Destin n'existe pas.

Blessée dans son amour-propre, la Destinée se leva et tenta de pousser le Passé en arrière. Il tomba sur les fesses, son visage dessina un rictus ; il tendit la main pour qu'on l'aide à se relever. Il s'épousseta et lança un regard furieux à la Destinée.

- Ce n'est pas votre jeunesse qui vaincra ma sagesse. Ne t'occupe pas d'elle, dit-il en s'adressant à Rémi. Cette dame est une invention des poètes, des paresseux ; c'est une imposture. Oublie-la. Ce qu'on veut, on le peut, et ce qu'on cherche on le trouve. L'homme qui souhaite le bonheur le rencontre, celui qui désire le malheur l'obtient. Être heureux ou être malheureux, il faut enfin s'en persuader, est une profession tout comme celle de photographe ou celle de maître d'école.

Remi regardait la dame, escomptant sur une réponse cinglante à l'égard du Passé. Il fut déçu de constater son mutisme. Il voulut la toucher pour la réveiller tant elle semblait assoupie. Il posa la main sur son épaule ; soudain, la figure humaine de la Destinée disparut, et tout ce qui semblait chair, se désintégra comme une poussière de femme. Il recula d'un pas, chercha le Passé des yeux. Il était seul, perdu dans un parc ensoleillé, fleuri des plus belles roses qu'il eût vues. Personne. A quelques mètres un chemin se dessinait ; il serpentait à travers la pelouse, conduisant le regard jusqu'à l'horizon. Rémi crut voir sa route tracée. Sans hésiter, il enjamba un petit massif et en prit la direction.

Chapitre 21

Le mois de février 2002

Maman, je t'aime. Pourquoi tant de haine vis-à-vis de papa ?

Papa était malade, grippé avec quarante de fièvre, sous un édredon au milieu du grand lit. Elle voulait le faire souffrir ; elle avait tout préparé, jusqu'au moindre détail. Elle poussa la porte de la chambre, vérifia que papa s'était réveillé et s'avança sans mot dire ; elle prit la main de Papa, et son œil fixe s'appuya lourdement sur le malade.

- Est-ce que tu deviens folle ? fit ce dernier et dans quel état es-tu, bon Dieu. D'où viens-tu ?

En effet, ce jour-là, Rémi n'avait pas une tenue charmante sous laquelle on le voyait. Son linge était sale, en partie déguenillé. Son pull, déchiré et sali, quant à ses chaussures, n'en parlons pas : elles étaient boueuses.

- Je suis venue de Paris à pied, parfois par les champs, je viens te parler, dit maman-Louise à *Papa*.

- Quelle singulière fille tu fais, tu viens à dix heures du soir, quand tu as toute ta journée pour le faire. C'est donc bien grave ?

- Très grave.

- Parle…

Louise alla fermer la porte alors, se plaçant devant le lit, les bras croisés, elle commença :

- Te souviens-tu de notre entretien précédent ?

- Si je m'en souviens la nuit des funérailles ? C'est toi qui l'as ainsi fort justement nommée.

- Parce que j'étais triste, parce que tu étais odieux ; comment aurai-je pu l'appeler autrement ? Je suis partie ne sachant plus ce que j'allais faire ; tu m'avais moralement assommée ; de tes dents et de tes ongles tu m'avais mordue et déchiré le cœur. Je suis arrivée à Paris, décidée à tout ; voulant rendre, en le quintuplant, tout le mal que tu m'avais fait. Lorsqu'il a fallu agir, c'est-à-dire rompre cette fois à tout jamais avec ceux qui ne voulaient plus de moi, le courage m'a manqué, je me suis dit : « Non ! c'est impossible, j'aime et l'on doit m'aimer ». Par la ruse alors j'ai essayé de reconquérir tout ce que j'avais perdu, mais une nouvelle épreuve m'était réservée et ma tentative devait réussir.

- Louise, je n'ai…
- Laisse-moi parler. Je me suis vengée, je ne te demande pas d'excuses, pas plus que tout à l'heure je ne te demanderai de pardon ; moi, j'ai le courage de mes actions. Je porte sans honte mes vices, je ne triche pas comme toi, lorsque je dois mal faire. Je dis « Garde à vous ! Je vais vous faire du mal, défendez-vous ».
- Ah ça où veux-tu en venir, à la fin ?
- Tu as peur, déjà ?
- Mais tu es folle.
- Je ne te comprends pas. Folle moi ? Regarde-moi bien en face.
- Qu'est-ce que tu as au front ?
- Louise se tourna vers la glace, et se retournant les lèvres crispées par un rire impossible, elle dit : « Regarde-le bien ! Tu ne vois pas ! j'ai les mêmes taches aux mains ».
- Eh bien ?
- C'est du sang ! Hein ! du sang! tu t'es blessée ?
- Ah ! ah ! C'est du sang de Mathilde !

-   Qu'est-ce que tu dis ? fit vite Papa se dressant sur
    son séant et les yeux fixés sur Louise.
-   Je t'ai déjà dit, ne mets rien devant moi, où je le
    brise ; tu as ri, idiot, eh bien ! j'ai fait de la route
    par la boue, par les champs, pour te venir dire
    Mathilde est morte, je l'ai assassinée.

Papa bondit hors de son lit. Menaçant, il cria : « Tu
mens ». Louise calme, les bras croisés, le rire cynique
aux lèvres, semblait le défier.

-   Je ne mens jamais.
-   Tu mens. Oh ! tu mens, dis ?

Et, saisissant Louise à la gorge, il lui serra le cou comme
pour en faire jaillir les paroles qu'il attendait, mais le
malheureux homme n'avait pas mesuré ses forces ; d'un
coup de poing, maman le repoussa et le jeta sur son lit.
Là le malheureux, tout tremblant, sentant l'inertie par
laquelle il était vaincu, prit sa tête dans ses mains, et
sanglota en disant :

-   Oh c'est impossible c'est impossible.

Sans pitié, Louise continua :

-   Pleure donc, lâche ! Pleure donc. Est-ce que j'ai
    pleuré, moi, lorsque tu m'as dit : « Celui que tu
    aimes est mort pour toi ? » Est-ce que j'ai pleuré,
    moi ? non ! j'ai dit : « Je me vengerai Monsieur
    Papa », c'est fait je me suis vengée !
-   Tu es un assassin. C'est la loi qui vengera
    Mathilde.
-   Aie donc le courage de mettre la main sur moi.
    Appelle donc ! crie donc un peu, que je voie.
    Lorsque tu diras : « C'est l'assassin ! » les gens se
    sauveront de toi comme d'un galeux, quand je
    répondrai : « C'est mon mari ! »

- Mais non, mais non, fit tout à coup Papa essuyant
  son front comme s'il voulait chasser de son
  cerveau ce qu'il venait d'entendre. Non, n'est-ce
  pas, Mathilde n'est pas morte, et sans force il se
  laissa glisser et se trouva à genoux devant Louise,
  et, la suppliant, il sortait de sa gorge autant de
  paroles que de sanglots. Louise, je t'en prie, dis-
  moi que tu n'as pas tué Mathilde ; n'est-ce pas, tu
  me trompes ? les femmes belles et jeunes ne se
  tuent pas entre elles. Mathilde n'est pas morte ?

Loin de s'apitoyer à la voix suppliante de *Papa*, la colère
monta au cerveau de Louise, et, horrible, marchant,
battant l'air de ses bras, menaçant du poing, elle hurla :

- Mais c'est donc un culte que tu avais pour cette
  fille ! Et tu oses me le montrer, à moi et tu es
  assez bête pour me dire que dans ton cœur je n'ai
  jamais eu ma place ! Je te hais maintenant ! Tu as
  été sans pitié, je serai sans pitié. Oui, je l'ai tuée,
  je l'ai tuée, je l'ai tuée avec un marteau en lui
  brisant le crâne. Elle était bien belle, va ; moi, j'en
  ai fait une chose horrible. Je n'ai laissé à mes
  pieds qu'une masse informe de membres brisés,
  chair tuméfiée. Il est bien laid, va, le cadavre de
  ton amoureuse !

Papa les yeux grands ouverts, épouvanté, ne se soutenait
qu'avec peine sur sa main sans force. Il suivait du regard,
l'emportement de Louise.

- Dis, suppliait-il, tu ne penses pas ce que tu dis.
- Mais, idiot, fit-elle, regarde donc mes mains ;
  viens boire le sang de celle que tu aimes.

Et nerveuse, elle présenta si violemment sa main à la
bouche de Papa, qu'elle le souffleta. C'en était trop, pour
le malheureux convalescent, la fièvre était trop vite

revenue à cette secousse poussée par Louise, il tomba et l'on entendit le bruit de son crâne qui heurta le carreau.

- Je vois, dit-il, tu veux me rouler au fond d'un gouffre, eh bien, j'aurais la joie de te voir y tomber avec moi.
- Celle que tu aimes, c'est une harpie...
- Tais-toi cria Papa avec fureur, je te défends de prononcer le nom de cet ange!

Sans même paraître avoir entendu cette interruption, Maman poursuivit :

- Que deviendra-t-elle, cette femme que tu as trompée lâchement en lui donnant une main qui ne t'appartenait plus ?
- Ah tais-toi ! Tais-toi ! Son amour révolté te maudira. Son âme meurtrie, son cœur brisé, crieront vengeance, mais vengeance contre toi, Démon tentateur.
- Sous tes baisers, à ce doux espoir en l'avenir que tes paroles menteuses lui montraient si beau, succéderont la haine, le mépris, le découragement, le désespoir et le désespoir tue entends-tu. Il tue !
- Folle, tu es folle, dit-il d'une voix rauque, qui passait en sifflant entre ses dents serrées

Maman-Louise le regardait avec des yeux que Rémi ne lui reconnaissait pas.

- Ah! prends garde ! tu vas trop loin. Ne tente pas ma colère ! Si je ne peux t'arracher ton masque, je puis du moins t'arracher la vie !
- Morte la vipère, mort le venin ! Nous sommes seuls. Prends garde.
- Eh bien frappe donc. Qu'attends-tu ? La bigamie ne conduit plus à *perpet*, le meurtre, oui. Tu ne frapperas pas.

Ces quelques mots l'avaient galvanisé. Il prit appui sur
son coude pour vider son venin.

- Je te tiens à mon tour : souffrance pour
  souffrance, torture pour torture ! Autrefois j'ai
  imploré ta pitié ! Autrefois je t'ai demandé grâce,
  en me traînant à tes genoux ! Tu as été
  impitoyable ! C'est à moi de menacer aujourd'hui !
  C'est à toi de partir. Je t'ai crié jadis que tu étais
  de trop dans ma vie ! Le temps n'a pas changé
  mon cœur, je te déteste, et plus que jamais !

Sans respect pour l'ennemi vaincu, Louise posa son pied
sur lui et dit dans un rire affreux :

- Ce n'est pas avec des larmes qu'elle se paie,
  Louise, il lui faut du sang. Alors, elle sortit de la
  chambre, dont elle ferma la porte ; elle descendit
  et dit : « Allez, on descend, Papa n'a besoin de
  rien ».

Elle prit Rémi par la main et se dirigea vers sa chambre ;
la farce avait assez duré, il était temps de se nettoyer.

Chapitre 22

Plus une seconde à perdre, Boris n'avait qu'une seule idée en tête, retrouver Manuel dit Manu l'assistant de géoscience et le convaincre de contacter Rémi. Où se trouvait-il à cette heure ? Vingt minutes plus tôt, il était au bistrot pour s'acheter un sandwich. Est-il attablé pour un café, ou bien a-t-il fini son repas et avait-il déjà repris son travail ? Boris devait faire un pari ; il décida de se diriger au pas de course vers le bistrot de Fernand.

Le calme de la demi-heure qui précédait, était remplacé par la vie animée du Quartier-Latin et plus encore par une manifestation. « A croire que le ciel se ligue contre nous », pensa le jeune homme.

La Gazette ayant trop l'habitude de ces attroupements et des manifestations quasi journalières, ne prit pas la peine d'en faire le récit.

En effet, à un scrutin organisé par un syndicat étudiant, le dépouillement ne plut pas à tout le monde, occasion pour ceux qui souffraient de dolence, de montrer le poing.

Au quartier Latin qui, comme précédemment, semblait avoir eu l'initiative des désordres, dès 12h30 plus de deux cents personnes s'étaient rassemblées.

Invitée à se retirer, la foule s'aggloméra lentement, non sans crier gare ni sans résistance. Boris vit les cars de police qui stationnaient aux abords du quartier ; il comprit que la traversée du boulevard serait problématique. Tout avait l'apparence du calme. Toutefois, sur le boulevard Saint-Michel, l'agitation augmenta ; les attroupements, dispersés par les agents, se reformaient quelques pas plus loin. Boris reconnut quelques figures, des étudiants d'autres facs, venus sur place pour *casser* du CRS ; mais ce n'était ni son projet, ni le bon jour.

Il se dirigea d'un pas ferme pour traverser la chaussée bloquée par les agents. Sans doute n'avait-il pas une tête d'émeutier, les étudiants qui cherchaient la bagarre ayant tous des cagoules qui les rendaient méconnaissables. Il dut s'y prendre à plusieurs fois pour qu'on le laissât franchir la ligne ; heureusement que sa tête parlait pour lui.

Il lui restait à filer à toute vitesse en direction du café de Fernand, où il espérait retrouver Manu, l'assistant.

Le petit bistrot étroit, reprenait vie : c'était l'heure du jambon beurre. Il fallait s'assurer que Manu ne se trouvait pas aux toilettes. Boris regarda le zinc qui occupait la totalité du boyau formant première salle. Dans les dix pieds carrés du réduit qui se trouvait en bout, deux tables de marbre devant des banquettes de cuir aux ressorts effondrés et derrière de fausses plantes vertes, la porte des toilettes. Il la poussa : personne. Décidément, il arrivait trop tard ; Manu avait dû partir en direction de son bureau.

Boris, à peine essoufflé en dépit de l'effort, remonta la rue vers le bâtiment C, grimpa trois à trois les marches hautes du vieil immeuble et courut à travers les longs corridors. Il parvint à l'étage, ne voulant ni voir ni être vu, et se précipita dans le couloir où il accéléra. Il passa d'une course rapide à une marche vive à grandes enjambées, fiévreuses, sans faire attention aux camarades qu'il bousculait, l'esprit perdu. On eût cru que l'homme ne gaspillait pas une seconde de son temps à respirer, il descendait, montait, allait à gauche, à droite, sans jamais relever la tête. Puis au bout du couloir, il reconnut la silhouette de Manu qu'il se permit de héler :

-   Monsieur…

Manu avançait, sans se retourner.

-   Monsieur Ortiz. Monsieur Ortiz, s'il vous plaît…

L'assistant finit par entendre et s'arrêta. Il se retourna et vit Boris à court de souffle, les jambes coupées, exténué par la longue course. Il s'arrêta, tout en sueur, épuisé à tel point qu'il fut obligé de s'appuyer contre le mur ; il aperçut un banc le long du mur, il s'y affala.

-   Je suis désolé, mais je suis dans l'urgence, Monsieur…

L'assistant prit le temps de s'approcher du jeune homme et lui dit :

-   Quoi de si urgent ?

-   Une affaire de vie ou de mort…

-   Je te connais à peine et qu'est-ce que je viens faire là-dedans ?

-   Monsieur, on est désemparé…

Manuel Ortiz s'apercevant que l'affaire semblait grave pour l'étudiant, l'aida à se relever et le poussa dans son bureau.

-   Assis-toi et parle, si c'est si grave.

En deux minutes, Boris parvint à donner à l'assistant, les éléments essentiels pour comprendre la situation.

-   Et maintenant ? demanda Manu

-   On compte sur vous.

-   Comment donc ?

-   Simple, nous avons échoué, Marie, sa copine et moi. A cette heure, Marie s'évertue à convaincre le père de faire son possible pour agir. Or, il se trouve en voiture et ne pourra arriver que d'ici une heure ou deux. Pour ces situations, on ne peut pas attendre…

- Je sais, mais moi, qu'est-ce que j'apporte ?

- On ne sait pas. On a eu l'impression qu'il y avait un courant de sympathie entre vous et Rémi.

- Oui, sans doute… et alors ?

- Et alors, on s'est dit, Marie et moi, que peut-être, il trouvait en vous une sorte de substitut à son père qui a toujours été absent.

- Parce que vous pensez que j'en ai l'âge ?

- Non, non, on ne dit pas ça ; on cherche et on espère. Disons qu'on compte sur vous car vous êtes la seule personne que nous connaissions et que Rémi semble écouter.

Le jeune homme s'arrêta mais dans son regard, il y eut tellement de mots, tant de prières, un si grand nombre de souhaits que Manu hocha la tête signifiant son acceptation.

- Merci monsieur, fit Boris.

L'assistant promit de faire son possible, sans qu'il n'ait pu bien en évaluer l'étendue. Le jeune homme pensa plus habile de communiquer le numéro de téléphone à Manu dans l'espoir que Rémi répondît, alors que, reconnaissant celui de Boris le sien, il aurait refusé l'appel.

Chapitre 23

Un soir de février 2002 ; Rémi approchait les cinq ans
Rémi revoyait la scène comme s'il avait été présent.
Peut-être l'était-il. C'était l'hiver, il faisait froid, et un
feu misérable agonisait dans la cheminée.
Depuis de longues heures déjà, les rues de la ville étaient
désertes, les lumières éteintes, les habitants couchés. Une
bise glaciale, aigre et vive, balayait en sifflant le pavé
sec. Quatre heures du matin venaient de sonner.
Papa faisait les cent pas tout en se posant des milliers de
questions ; il ne comprenait pas pourquoi son épouse
disparue quelques jours plus tôt, avait choisi cette nuit
pour revenir.
Il se souvenait que six mois plus tôt, maman-Louise avait
quitté la maison. Sa marraine, sans enfant, se portait mal
et réclamait Louise à ses côtés.
Lorsqu'elle sut sa marraine souffrante, Louise partit
aussitôt et soigna sa parente avec le plus entier
dévouement. Cette noble conduite devait avoir sa
récompense. La marraine sentit son affection pour sa
filleule se réveiller plus vive que jamais, et lorsqu'elle fut
hors de danger, elle fit entière donation de ses biens à
Louise et ne s'en réserva que l'usufruit.
Rémi, quoiqu'il ne vînt chez lui que pendant les grandes
vacances, se rappela que la maison semblait mise sens
dessus dessous comme si une personne supplémentaire y
résidait. Etait-elle en travaux ? Sans doute.
La vieille dame annonça le désir de partager leur vie de
famille. Afin de la recevoir plus dignement, de lui
ménager toutes les aises possibles, on lui aménagea une
chambre, Louise reprit sa place à la maison et Mathilde
vint s'installer pour aider au ménage.

Un corridor obscur et étroit l'amena devant une petite porte qu'il poussa sans bruit, un tapis épais assourdissant le bruit de ses pas. La chambre dans laquelle il pénétra était éclairée par la lueur qui provenait de la lumière du couloir. Les rayons indécis se perdaient dans les plis lourds des rideaux. Des draperies de cette étoffe abritaient et dissimulaient, sous leur ombre, un grand lit, où l'œil devinait, à peine, une forme onduleuse. La tête enfoncée dans l'oreiller, une femme dormait profondément.

Un souffle léger écartait ses lèvres qui découvraient l'émail de ses dents. Tout était bien fermé. L'atmosphère était lourde et chargée de parfums. La dormeuse avait rejeté les épaisses couvertures et les contours fermes de sa gorge émergeaient parmi le fouillis des dentelles. Un rêve amoureux, une extase délicieuse, devaient agiter son sommeil, car elle se renversait davantage, son cœur battait plus rapide ; ses yeux s'entrouvraient languissants ; son bras fuselé, frappé de mignonnes fossettes, se relevait dans une courbe gracieuse, comme s'il cherchait, au milieu de l'espace, une forme impalpable à enlacer. Les cheveux bruns s'épandaient en ondes épaisses sur les draps. Les joues qui s'empourpraient ; les narines délicates qui se dilataient fiévreuses ; les mains petites, fines, aux doigts allongés, qui se crispaient sur l'étoffe, tout indiquait le spasme voluptueux qui agitait la belle dormeuse. Mais elle murmurait des syllabes confuses. Papa se pencha, les sourcils froncés. On jurerait que, sous son visage, circulait de la bile au lieu de sang, tant sa pâleur verdâtre était effrayante.

Tout à coup, aux dehors, une voiture passa et se fit entendre. Papa releva la tête, sourit, mais d'un sourire sinistre. La rumeur s'apaise ; celle de la rue, assurément ; qu'en sera-t-il de celle de son cœur ? Il revint à sa contemplation. Son regard était à ce point incisif, haineux même, que Louise semblait en subir l'effet. Elle s'agita de nouveau ; la crainte, la terreur contracta ses traits, la sueur perla sur son front, elle porta la main à sa gorge, comme si quelque effrayant cauchemar l'étreignait, poussa un cri déchirant et s'éveilla. Un instant, elle demeura hésitante entre la veille et le sommeil, les yeux vagues, fixés avec effroi sur l'ombre immobile qui se tenait debout au chevet de son lit.

- Quoi, c'est toi ? s'écria-t-elle, tu m'as fait une belle peur !
- Je n'ai pu, répondit papa, t'embrasser lorsque tu es arrivée, il y a quelques heures ; j'étais très sérieusement occupé.
- Serait-ce pour t'excuser que tu me rends une visite aussi matinale ? Il ne fallait pas prendre cette peine. Nous ne sommes pas des époux ordinaires.
- Tout à l'heure, quand je t'ai crue sous l'oppression d'un cauchemar, je me suis demandé si tu ne rêvais pas de moi. Oui, mon rêve que tu rêves de moi.
- Allons, soyons adultes. Et que t'importent mes rêves et mes cauchemars ?
- Il est vrai, je n'ai plus le droit de m'occuper de tes songes que de ta vie, notre vie…
- Pas plus, dit vivement maman, que je ne me préoccupe moi de tes faits et gestes.
- C'est vrai, malheureusement. Crois-le Louise, j'ai beaucoup souffert de ton indifférence. Mais laissons ce sujet et permets-moi seulement une question.

- Vas-y.
- Tu as dit passer de tristes journées à Paris, clouée au chevet d'une vieille femme malade et aigrie. Je sais que tu l'aimes à l'égal d'une mère.
- En effet, je me suis beaucoup ennuyée.
- A part mes messages, qui ne sont pas toujours divertissants, n'en recevais-tu pas d'autres ?
- D'autres ?

Papa, plus blafard encore que tout à l'heure, saisit maman-Louise par le poignet. Elle tressaillit à ce contact glacial et visqueux, semblable à celui d'un reptile. Elle se tut, sous le coup d'une vague appréhension. Papa poursuivit :

- Oui d'autres. Par exemple des lettres adressées à Mlle Sophie Leblanc ?

A ce mot, Louise s'était presque redressée. Les yeux dilatés par l'étonnement l'effroi même, les lèvres serrées, elle murmura :

- Que veux-tu dire ? Je ne sais pas.
- Tu ne sais pas ? Je veux bien prendre la peine de te renseigner alors. Ces lettres étaient signées d'un certain Bruno… peut-être même un voisin avec lequel tu sembles bien t'entendre.
- Je ne comprends pas !
- Ton amant ! Là, c'est clair ?

Louise avait retrouvé son assurance. Le ton de sarcasme sur lequel ces paroles étaient prononcées lui firent l'effet d'un coup de fouet.

- Ah ! Mon ami, mon cher ami, tu cumules maintenant, te voilà espion !
- Parce que tu t'es figuré, Louise que tu jouerais de moi impunément ? As-tu pensé que j'accepterais tout ? Tu m'as mal jugé ; prends garde à ton tour. Tu ne réponds rien ; tu ne m'avais jamais vu sous

cette face. Tu penses que je serais toujours le mari complaisant qui couvre de son nom les escapades de sa femme ? Longtemps je l'ai subi, mais il arrive un jour où j'explose. Cet homme, ce Bruno, tu étais sa maîtresse et tu lui donnes des rendez-vous dans une maison mystérieuse ; chez ta marraine malade. Et quand tu as reçu, à Paris, ces lettres enfiévrées, pleines de tendresse, par lesquelles il protestait de son immuable amour, tu as tressailli, dans une délicieuse émotion ; tu es devenue imprudente, inconstante, menteuse.

- Il mentait, dis-tu ? C'en est trop et je t'arrête. Sache que sous sa chemise, bat un cœur plus noble, plus loyal que le tien. Cet homme, comme tu l'appelles dédaigneusement, est honnête. Tu m'insultes !

- Sais-tu ce qu'il a fait cet homme, cet homme au cœur loyal, à l'âme probe ? Il a assassiné un vieillard pour lui voler mille euros … il y a une heure de cela.

- Tu mens ! Comment le sais-tu ?

- Alors on l'a surpris, là, sur le fait. Il a pleuré, il a demandé grâce devant le cadavre tout chaud de sa victime. Tu ne crois pas ? Va donc voir nos voisins d'à côté ; ils ont tout suivi.

- C'est faux tu mens, te dis-je. C'est impossible !

Louise avait la raison qui se perdait entre l'amour qu'elle vouait pour Bruno et l'énormité de ce que lui disait son mari.

- Tout de point en point, Louise. Je ne suis pas assez naïf pour te faire un conte en l'air, dont tu pourrais avoir le démenti dans quelques heures. Bruno a bien assassiné un vieillard qui lui rendait visite ; sans doute un membre de sa famille.

- Même si je devais le crier sur les places de Paris
  que tu es, toi, un infâme, moi, une femme perdue,
  aussitôt je me mets en campagne, et si ce que tu
  me dis est vrai, je te jure que j'aurai la grâce de ce
  malheureux, quand je devrais aller me traîner aux
  pieds du président de la République ou de Dieu
  lui-même.
- Fort bien, Louise ; tu es libre.
- Mais, tiens, après tout ; lâche et vil comme tu l'es,
  tu as menti. Tu m'as fait cette lugubre plaisanterie
  pour m'arracher un aveu. Maintenant, tu l'as cet
  aveu, je te l'ai jeté à la face ; dis-moi donc la
  vérité, si tu es capable de dire la vérité une fois en
  ta vie. D'ailleurs je suis stupide de t'écouter.
- Allons donc ! Crimes et vols, c'est bon pour toi ;
  mais Bruno coupable… puis ce n'est qu'une
  vengeance ; folle que tu es !
- Tu as bien raison de me traiter de folle, j'ai douté
  de Bruno et je t'ai cru un instant. Tu m'outrages
  encore.
- Eh bien sois satisfaite ! Oui, ton amant est
  innocent ! Non, ce n'est pas lui qui a tué ; il n'y a
  pas eu de morts…
- Je m'en doutais…
- Oui, il est innocent ; mais là n'est pas l'essentiel.
  Ce qui compte, c'est ton aveu.

Le jour paraissait et sa clarté pénétra dans la chambre et vint frapper les épaules et la face de Louise, aussi blafardes que la pâle lueur du petit jour. Au travers de la large baie, elle put apercevoir les arbres décharnés qui s'alignaient sur l'avenue, la rue déserte et les volets clos. Paris dormait de bon matin.

Un bruit dans l'embrasure de la porte ; elle se retourna et vit Rémi qui pleurait.

- Maman, j'ai froid…

Elle le prit dans les bras et l'embrassa fiévreusement ; elle le conduisit à sa chambre et le coucha.

- Maman je t'aime, je t'aime maman…

Chapitre 24

Rémi ne pouvait se remettre. Il frémit au seul souvenir de l'apparition du cauchemar et à la pensée du châtiment réalisé par son père. Il s'assit sur un banc du jardin. Il haleta :

- Maman !

Et aussitôt, derrière un rideau, surmontant le guichet pareil à un confessionnal, une voix sortit : « Oui, mon chéri… »

Oh ! cette voix. Il la reconnaissait. Toujours le même timbre doux, velouté, charmeur, la voix qu'il avait entendue, tout petit, dans le cadre heureux d'alors, et pour la dernière fois, le jour de ses cinq ans. Elle n'avait pas changé. Elle lui apportait de chères et amères réminiscences. Eperdu, il gémit :

- Maman…

La voix invisible, reprit :

- Mon fils, mon enfant chéri. Pardonne-moi. Tu sais où je suis désormais. Ici, ta pensée pourra me retrouver chaque jour, à toute heure. Tu sauras que je serai moins malheureuse peut-être parce que j'ai rompu tout lien avec le passé.

Derrière la barrière sombre, la voix s'altéra en disant :

- Tu ne me méprises pas ? Tu ne me hais point pour les souffrances que je t'ai infligées ?

Tant d'humilité le remua tout au fond de lui-même. Il clama :

- Maman chère maman. Je t'aime. Ne suis-je pas ton fils ?

- Pauvre petit ! Quelle joie tu me donnes. Si tu savais, ces mots-là me réhabilitent.

- Maman, je te cherche, je te veux !

- Non, mon enfant. Ce serait pour moi trop de
    bonheur. Et je n'en suis pas digne, car il faut que
    j'expie. Nous ne nous reverrons pas, mais nos
    cœurs sont réunis. Maintenant, je puis te dire
    adieu. Adieu.

Il regardait, les prunelles agrandies, le rideau qui le
séparait de sa mère. Et il ne distinguait rien sinon ce noir
hostile comme la nuit d'une tombe. Désolé, vibrant d'une
peine infinie, il tendait les bras. Elle ne le quittait pas des
yeux, et dans ces yeux perlaient deux larmes. Alors, le
grillage s'écarta un peu. Du carré noir, une main sortit,
s'avança, émergeant d'une robe rouge. Elle descendit vers
le jeune homme qui se releva et la prit dans ses doigts
frémissants. Il la contemplait, cette main blanche aux
doigts élégants, si jeune encore qu'il reconnaissait si bien.
Ses lèvres s'y posèrent, crispées de douleur de son amour
filial et des pleurs coulèrent, sur elle au milieu des
sanglots.

- Maman, maman…

La main se dégagea de cette étreinte, et remonta vers le
rideau qui se referma, silencieusement, sur la tache
d'ombre. Il était retombé à genoux. Son cœur s'arrêtait de
battre. Il entendit comme une voix d'outre-tombe :

- Courage, mon enfant. Tout est bien ainsi. Le passé
    se purifie.
- Maman, je t'aime toujours, je te pleure toujours,
    je ne pense qu'à toi. Je suis ton fils, ton unique fils
    qui t'adore, j'embrasse ton portrait en pleurant dès
    que je suis seul. Ne crains pas que je t'oublie.

Puis il reprit :

- Maman, je t'aime, je t'aime bien, je t'aime plus
    que tout. Je t'ai donné du tourment ces temps
    derniers, je t'ai fait pleurer souvent, je m'en serais

battu de colère et je pleurais moi aussi de regret,
du chagrin que je t'inflige.

La main sortit de sa cachette ; Louise prit son fils par le
cou et l'attira à elle.

- Ne parlons plus de ça, c'est passé, dit-elle en
couvant son fils de baisers. Tu as acheté une
conduite, tu es devenu raisonnable, j'espère que tu
continueras, et qu'à nous deux, nous empêcherons
s'il y a moyen, que des catastrophes plus grandes
aient lieu.
- Maman, je t'aime…
- Ah, mon petit, tu dis que tu m'aimes et moi donc !
Je me ferais hacher en morceaux pour toi. J'ai
toujours pensé qu'il y a de la ressource dans ton
bon cœur.

Elle se tut quelques instants, mais pressentant
qu'approchait le voyage de son fils, Louise voulut lui
donner les derniers conseils.

- N'écoute pas mon fils, ton imagination. C'est elle
qui te rend malade, qui t'empêche de guérir. Dis-
toi que ta mère est là, près de toi, qui ne te quittera
jamais, que c'est elle qui t'aime et qui sait t'aimer.
Ne pense qu'à moi. Rémi ne pense qu'à ta mère.
Oh que j'étais heureuse, tu t'en souviens, quand
sur mes genoux tu m'abandonnais ta tête, ta tête
chérie qui ne souffrait pas comme maintenant !
Tes yeux me souriaient, et le sourire de tes yeux,
c'est le paradis pour moi ! Tu me disais « Maman,
je t'aime ! » Mon enfant ! Reviens à l'amour de ta
mère, qui n'a que toi, qui est joyeuse de tes joies,
qui souffre de tes souffrances, qui ne peut vivre
que de ta vie et qui mourrait de ta mort.

D'étranges lueurs passaient au fond de ses yeux sombres, issues d'on ne sait quelle énigmatique pensée. Mais Rémi était auprès d'elle, et dans ces heures-là, elle le serrait avec une violence qui provoquait parfois cette question de l'enfant :

- Mais maman, pourquoi m'embrasses-tu si fort ?

Elle balbutiait alors :

- C'est parce que je t'aime, mon garçon, parce que je n'ai plus que toi à chérir.
- Et moi aussi, petite maman, je t'aime de tout mon cœur.

Le rideau retomba et Rémi se retrouva tout seul à deux pas de chez lui.

Chapitre 25

Le 22 mai 2018 à 12h55

- Bonjour Rémi.

Difficile de reconnaître une voix que l'on n'a jamais entendue au téléphone.

- Bonjour, répéta Manu. Je suis Manuel Ortiz. Tu te souviens encore de moi ?

Il sembla troublé, la voix réveillait en lui des souvenirs lointains. Une espèce d'hallucination à laquelle il avait déjà cédé, le reprit tout entier, ses prunelles claires se dilatèrent, son regard s'aiguisa, obstinément tendu à la recherche des mêmes souvenirs. Rémi n'écoutait plus rien, n'entendant que cette voix, qui l'avait, un peu, beaucoup, guéri de ses angoisses à l'arrivée à la fac. Il demeurait haletant, la tête penchée en avant, l'âme frémissant aux paroles et encore plus emporté par les silences de son ancien assistant.

- Je suis désolé si j'arrive au mauvais moment.
- Non, il n'y a pas de bons moments. A chaque instant, il y a un bon et un mauvais côtés, dit Rémi.
- On m'a dit que tu n'allais pas très bien… que tu avais de petits soucis.
- Qui ça ? Dites-moi, qui ça ? J'imagine que c'est le salaud de Boris.
- Je ne sais pas, un de tes amis, je présume. (Manu lança un regard noir à Boris, responsable de lui avoir mis le doigt dans cette sombre affaire.) Il est là…

Rémi préféra se taire ; le silence étant en soi une réponse intelligente.

- Qu'est-ce qu'il vous a dit ? demanda Rémi, d'une voix cassée.
- Rien, rien d'important, juste que tu as des soucis et que je peux t'aider.

Quelques secondes de silence filèrent ; Manu attendit que le jeune homme reprenne des forces.

- Il a raison. (Sa voix se fit plus faible, les mots sortant encore plus lentement.) Ils ont tous raison. Je suis une sorte de loque qui peine à avancer. Je ne me sens pas très bien dans ce monde et maman me manque. Je sais, vous allez sourire et dire que je suis encore un gamin. Mais aimer sa maman, ça n'a pas de limite. On l'aime tout le temps, que l'on ait cinq ans ou cinquante. La mienne me manque. Je l'ai perdue lorsque j'avais cinq ans.

Manu se demandait s'il fallait commenter, ajouter des mots aux maux de son ancien étudiant, mais il nota que le jeune homme se confiait sans intervention de sa part.

- Je n'ose penser à l'image que vous vous faites de moi. Je serais un gamin attardé qui souffre d'un manque de tendresse… Je ne sais pas, un homme frustré par manque d'amour. Délaissé par son père qui le considère comme le responsable du décès de sa maman. Plein de pistes aussi invraisemblables les unes que les autres. Pour moi c'est simple : maman me manque. Le vide qu'elle a laissé, ne peut pas être comblé par Pierre ou Paul ; il est infini.
- Pourtant, tu n'es pas seul. Tu as des amis. Et d'après ce que je vois, ils tiennent à toi. Je suis sûr qu'ils font tout ce qu'il faut pour que tu reprennes goût à la vie. La vie est belle et contrariante ; il ne faut pas que les complications qu'on rencontre la rendent fade, insipide. Elle est belle …

- Je sais, j'aime la vie, et je ne pars pas battu, je m'en vais car je cherche la félicité et maman.

Rémi se mit à pleurer, doucement, comme un gamin attendant la consolation de ses parents. Manu ne savait s'il fallait intervenir ou laisser passer ce chagrin enfantin.

- Tu passes un mauvais moment, poursuivit Manu. La vie est toujours belle à vingt ans. Même quand on se couche terne, fatigué avec la nuit. Voilà que nous envahit une sensation d'angoisse imprécise, une sourde épouvante, comme devant un pays dévasté, la crainte d'un présage qui va nous annoncer quelque indéfinissable malheur. Mais la vie est un éternel balancement. La vie monte, grossie par l'alluvion des jours qui s'y noient, elle atteint sa plénitude. Ambitions, vœux, désirs, rêves que ne peut-elle réaliser en les entraînant à la dérive ? La vie est puissante, la vie nous appartient. Avec le deuil, l'infortune, les menaces, elle se retire de nous, elle nous abandonne, elle déserte jusqu'à notre horizon. Ses dessous apparaissent, avec leurs inévitables désenchantements. Tel se voit grand et se figure dominer, alors qu'il est le jouet d'un tourbillon qu'il ignore. Tel se complaît dans la certitude d'inspirer un sentiment invariable d'admiration qui le flatte et auquel le premier échec, apprend à reconnaître sa vanité.

Au même moment, Manu nota que Rémi venait d'avoir un autre appel sur sa ligne.

- Si ça ne vous embête pas, je coupe une seconde ; j'ai un double appel et c'est papa ; je vais lui demander de rappeler.

L'interruption ne dura que quelques secondes : Manu entendit à nouveau la voix de Rémi.

- Merci monsieur, dit le jeune homme. Je sais tout ça.

- Oui, savoir c'est normal, tu es intelligent. Mais il faut savoir avec tous ses pores, avec tous les fils qui animent ses sentiments, son cœur, son âme, je ne sais plus … avec tout, vraiment tout ; pas seulement avec la tête. Aujourd'hui, tu es à marée basse. Demain, les affaires reprendront…

- Je sais, monsieur. (Puis au bout de quelques instants :) Je suis gêné, monsieur.

- Moi aussi ; je ne sais pas de quel droit je peux te donner des conseils, peut-être uniquement au nom des instants sympathiques que nous avons passés ensemble et ceux qui pourraient se présenter à nous par la suite.

- Oui, monsieur… Je vous respecte, je vous écoute avec admiration…

- Tu ne me connais même pas ; je ne suis pas sûr d'être digne de donner des conseils, mais prends le temps. Ne fais rien d'irrattrapable.

- Je vois…

- Tu vois comment ?

- Je ne sais pas encore… disons que peut-être il n'y a aucune urgence.

- Pas de départ précipité…

- On verra…

- C'est-à-dire ?

- Je suis fatigué de tout et de rien. Vous y ajoutez votre grain de sable et vous prétendez que c'est pour mon bonheur. Quel bonheur ? Personne ne peut me répondre. Tout le monde veut m'arracher un *oui* ; un oui massif pour mon bonheur. Mais le bonheur, je l'entrevois en pensant à maman, à imaginer le temps infini auprès d'elle. Vous comprenez, monsieur Ortiz ?

- Promets-moi…
- Oui, dit Rémi, en coupant Manu. Oui, je vous le promets à nouveau. Rassurez mes amis ; je ne ferai rien sans les consulter.
- Sûr ?
- Oui, c'est sûr ; rassurez-les et dites-leur que je les aime.

Et aussitôt, Rémi coupa la ligne. Manu et Boris se regardèrent, espérant avoir bien agi.

Chapitre 26

Le 17 avril 2002

Rémi enfant, jouait encore, il jouait toujours, comme tous les enfants. Bientôt, des bandes d'un rosé pâle coloraient l'horizon, une lumière froide et grise traversait les épais rideaux et venait éclairer d'un jour implacable ces faces flétries, ces joues hâves et décharnées. Le fard tombait, le teint devenait bleuâtre, les cheveux se déroulaient ; il reconnut Mathilde.

Les sourcils d'emprunt perdirent leur couleur ; vertes comme l'herbe, jaunes comme des pestiférées, tatouées d'impudiques rougeurs, hideuse comme le vice, elle apparaissait dans son affreuse décrépitude. Elle jetait sur la pendule des regards inquiets. Puis, des voix aiguës s'élevèrent, on se disputait avec acharnement sans raison, la bête se vautrait, l'invectivait et l'injuriait à la bouche. Mathilde était hideuse. Elle regagna l'antre en rasant les murs ou se cachant dans le fond de son landau sombre comme des oiseaux de nuit qui fuient devant le jour. Un paysan longeait la rive, une fillette passait en chantant. Mathilde ouvrait les volets de la chambre sans jeter un regard à la vallée baignée dans la brume, aux horizons éclairés d'exquises lueurs, sans voir à ses pieds les liserons qui s'ouvraient aux premiers rayons du jour, sans respirer l'odeur des premières roses qui grimpait autour de leur fenêtre. Agitée, elle errait pieds nus, sur le tapis de la chambre.

Elle se retourna et vit Rémi lui faire de grands gestes de la main. Elle s'en approcha, le tint par la nuque puis le dirigea vers le canapé. Il hurla, il avait peur, il appela sa maman :

- Maman… Maaaman. T'es où ? Je te cherche partout et je ne te trouve nulle part.

Rémi avança d'un pas ; tout était noir. Mathilde le poussa sur la couche ; elle arrêta l'horloge dont le bruit régulier et le timbre d'or troublaient son repos.

Au dehors tout éclatait et tout chantait le beau temps, la rivière couverte d'une brume légère serpentait en saluant son cortège de peupliers, les pêcheurs levaient leurs filets, les oiseaux gazouillaient, les grands bœufs venaient à l'abreuvoir et tendaient vers l'horizon leurs naseaux rosés d'où pendaient des fils d'argent. Tout souriait et tout était prospère, tout était lumière, tout était parfum ; le jour se levait.

Rémi se frotta les yeux.

- Où est maman ?
- Quelle maman ? demanda avec dédain Mathilde.
- Pas toi ; je veux maman-Louise.
- Elle est partie avec un monsieur.
- Mais c'est impossible ! Une maman ne part jamais sans ses enfants.
- Ta mère est partie ; elle ne t'aime plus.
- Mais je n'ai rien fait de mal ; je mérite qu'elle reste là. Je suis le fils de ma maman.
- Tais-toi, ta mère s'en est allée, il te reste à devenir un bon garçon.

Le garçon se recoucha et comme pour se protéger, se couvrit de son édredon.

Rémi ouvrit les yeux et vit Mathilde à ses côtés.

- Je veux maman…
- Elle n'est pas là.
- Va-t'en, je ne t'aime pas. Tu n'es pas ma maman.

Il s'assit sur le canapé et hurla de toutes ses forces :

- Je veux maman !

Sans doute ne sachant comment s'y prendre pour le calmer, elle lui envoya une gifle au milieu de la joue, depuis peu, il en avait pris l'habitude. Elle eut pour effet de lui faire avaler ses paroles.

Rémi du haut de ses cinq ans, ni grand ni fort, empocha la gifle et la taloche qui l'accompagnait sans souffler mot alors que dans son for intérieur, à part lui-même, il songeait : « Tu me payeras ça plus tard ! »

Le garçon se remit au lit, s'enveloppa de son édredon et se tint tranquille.

Un rai de lumière jaune jaillit, infecte, éclairant sinistrement la voiture.

- Qu'est-ce que tu as donc et qu'est-ce que tu veux que nous fassions de ça ?
- Ça, c'est le garçon de la maison, dit-il.
- Vite dit…

Une toux éclata alors, venant de sous la couverture. Une toux d'enfant, déchirante.

- Crache donc, racle donc tes poumons, vilaine bête ! grogna Mathilde. Est-il désagréable, ce gosse-là !

L'accès continua, navrant, horrible.

- Il est gentil, le môme, fit *Papa*.
- Seulement lorsqu'il dort, dit-elle.
- Quand je te le disais ! Voilà ton gosse réveillé, et la musique qui commence !

Papa avait, en effet, posé l'enfant sur un vieux canapé-lit, encombré d'herbes et de plantes diverses. Celui-ci avait ouvert ses grands yeux noirs, frangés de longs cils soyeux, et, avec un radieux sourire, avait balbutié :

- Je veux maman !

Alors ses regards avaient erré tout ensommeillés encore autour de lui, il avait éprouvé une grande peur. Puis il avait vu les figures de Mathilde et de Papa attachées sur lui, plus horribles peut-être encore que dans leur état

normal, car l'un et l'autre essayaient de lui sourire.
Epouvanté, il se prit à pousser des cris encore plus forts.

- Diable, mais il va ameuter le quartier, fit le père.
  Tâche donc de le calmer, toi qui es femme, ajouta-
  t-il en s'adressant à sa compagne. Tu trouveras des
  mots doux.

Papa approcha sa grosse tête de brute de l'enfant, Rémi
peina à la reconnaître ; devenant fou de terreur, Rémi
redoubla ses cris, et tenta de se redresser et de fuir.

- Pourvu qu'il n'ait pas de convulsions, As-tu de
  l'eau de fleurs d'oranger ? On dit que c'est
  miraculeux.
- Non ! Mais sais-tu, dit Mathilde, tu n'as pas
  d'égards pour les enfants.
- Tu vas voir, avec moi, comme il va se tenir
  tranquille.
- Tu vas lui payer la goutte ? Oh ! Un ingénieux
  mélange de doux et de raide. (Et à l'enfant, en lui
  tendant l'ignoble mixture :) Mon bibi, mon loulou
  chéri, bois du bon sirop.

Eperdu, celui-ci, sans doute comme dans un rêve, se
souvint des médecins à figure sévère qui lui offrait aussi
de grandes cuillères de sirop, ou de piqûres qui faisaient
mal. Il se rappelait sa grand-mère plissant la bouche pour
retenir une larme, ou sa maman tout en pleurs qui lui
disait de boire, pour chasser la vilaine maladie, et
pouvoir bientôt aller jouer au grand soleil.
Il finit par prendre le verre, y trempa ses lèvres mais
aussitôt le repoussa écœuré.

- Bois donc, mon gentil bibi, du bon nanan, répéta
  Mathilde qui s'impatientait, tandis que *Papa*
  étendait déjà sa large main, écartant ses doigts
  pour encourager l'enfant d'une claque.

Courageusement, le pauvre enfant fit un effort, et avala la boisson.

L'homme à tête de *Papa* ouvrit la portière de la voiture et jeta Rémi à l'arrière ; il montra à sa compagne l'horizon déjà éclairé par les premières lueurs de l'aube.

- Vite alors, répondit-il après avoir jeté un coup d'œil par la fenêtre ; allons-nous en !

Le temps était superbe. Une admirable matinée de printemps. Le jour commençait à peine, et la voiture gagna bientôt la sortie de Paris, en suivant les bords de la Seine tout embaumés du parfum des fleurs, tout égayés des verdures des villes qui la bordent, tout rafraîchis des brises de l'eau.

Rémi se rendait bien compte qu'il s'agissait d'une fuite, mais qui voulait-on éviter de rencontrer ? Il était sûr que Mathilde, cette vilaine sorcière voulait le soustraire à maman-Louise et que pour y parvenir avait réussi à s'emparer du cerveau de *Papa*. Une image restait collée sur sa rétine : celle de Mathilde embrassant *Papa* comme s'il se fut agi de son propre mari. Rémi ne comprenait pas pourquoi maman n'était pas là ! C'était sa place. Quel cauchemar ! Il se mit à hurler : « Maman, maaman. Où t'es ? »

Chapitre 27

Le 22 mai 2018 à 13h
A la deuxième sonnerie, Rémi répondit :
-   Bonjour papa…
-   Bonjour garçon. Tu t'es libéré ?
-   Oui, là, c'est bon. C'était mon ancien assistant…
-   Bizarre, je ne savais pas que les assistants
    appellent leurs anciens étudiants !
-   Oh ! C'est rien.
Puis au bout de quelques instants de silence gêné, le père
reprit :
-   Comment vas-tu ?
-   Bien ; oui sans doute bien…
-   Mais ce n'est pas l'avis de tes camarades qui
    m'ont demandé, toutes affaires cessantes, de
    t'appeler.
-   Oh ! Ils s'inquiètent pour un rien. J'avais une
    baisse de régime.
-   Puis l'appel de ton ancien assistant et hop, tout
    repart ?
-   Il faut croire… mais ce n'est pas aussi simple. Je
    ne sais pas sur qui je peux compter…
-   Tes parents…
-   Oui, ma mère est loin et toi, tu es presqu'aussi
    loin.
-   Un père est un père. Celui qui ne se soucie pas de
    son père, vois-tu, est un homme qui a la fortune
    peut-être, mais qui n'aura jamais de bonheur. Il
    faut être aussi bête qu'un cheval pour oublier son
    père et pourtant on voit de mauvais fils que des
    mauvaises gens engraissent, comme les bêtes.

Tout ça n'est pas trop beau... c'est pour dire qu'il faut aimer son père et bienheureux qui en a un !

- Je sais papa...

Rémi se dit qu'on ne cesse pas d'aimer son père parce qu'il vous accable de sottises... Des sottises ! C'était peut-être sa manière de m'aimer ... quand il pensait à m'aimer...

- Maman...
- Oui ? Qu'est-ce qu'elle a ?
- Elle me manque ! Terriblement. J'aimerais tant la retrouver...
- Mais ça viendra, un jour ou l'autre, le plus tard possible.
- Tu ne peux savoir, papa, comme j'ai envie de partir, là, pour la retrouver.
- Tu nous abandonnes ?
- Non, vous n'avez pas besoin de moi ; vous avez vos occupations, vos amis, vos affaires. Nous sommes déjà très loin l'un de l'autre.

Le père crut déceler dans la voix de son fils, une tristesse incommensurable qu'il n'admettait pas ; puis il l'entendit pleurer. Il en était tout ému, mais gardait sa réserve sachant qu'il fallait le calmer à distance.

Pendant quelques instants, ni le père ni le fils n'eurent la force d'intervenir, n'y tenant plus, le papa interrompit le silence :

- Comme tu es beau ! Je te vois avec ton minou enfantin, tes mimiques qui amènent le sourire, ton visage qui invite à la vie. Il faut qu'on refasse notre vie ensemble.
- Comme un couple de divorcés qui veut se rabibocher et qui se promet monts et merveilles ? Peut-être. Il faut alors oublier les jours malheureux.

- Ne pense plus qu'à ton bonheur présent puisque je suis auprès de toi. Me pardonnes-tu le mal que je t'ai fait ? Un fils doit aimer son père, il ne doit pas le juger.
- Peut-être. Je ne sais pas.
- Tu n'as pas été malheureux au moins pendant ton enfance ? Parle, dis-moi la vérité.
- Je t'en prie, ne parlons pas du passé, parlons de l'avenir.
- Je resterai toujours avec toi, je te soignerai.
- Ah que tu es généreux ! Comme je te bénis pour les paroles que tu viens de prononcer !

Rémi se demandait le degré de sincérité de son père. Son attendrissement était-il feint ? Comment pouvait-il lui faire confiance ? Il devait lui poser la question de son existence, celle qu'il considérait comme la clef de voûte de toute sa vie.

- Dis papa, je suis vraiment ton fils ?
- Ah, ta mère… pourquoi faut-il en parler ?
- Parce que c'est maman, qu'elle me manque et parce qu'il y a plein de morceaux du puzzle qui ont disparu et que tout ça m'empêche de dormir, de vivre, d'être heureux. Tu comprends ?
- Non, moi j'ai fait une croix. Je ne l'ai jamais comprise. Elle devait être une mauvaise personne. Mais paix à son âme. Tu dois savoir que l'on ne voit des défunts que leurs qualités, un peu comme si la mort effaçait les mauvais souvenirs.
- Ne parle pas comme ça de maman.

Une ride accentuée barra la tête du garçon, signe d'une grosse colère contenue, d'un ennui subi et n'annonçait rien de bon.

- C'est ta mère…

-   Oui, c'est sûr, mais toi, qui es-tu ? Mon père, celui dont maman était amoureuse, ou bien seulement son mari ?

Sa colère n'était pas tombée, mais elle changeait de forme. Ce n'était pas cette boule qui lui bouchait la gorge et laissait à peine passer quelques imprécations ; à la chaleur, elle fondait, devenait malléable, s'allongeait sur la langue comme de la réglisse. Elle lui permettait de retrouver quelque force et beaucoup d'ironie pour survivre.

Le père préférant le silence, Rémi monta le ton.

-   Réponds-moi, dit Rémi en portant la main à sa poitrine. J'ai là, vois-tu, un mal qui me ronge et dont je mourrai bientôt. Je ne m'illusionne pas ; dans un an, deux peut-être, je ne serai plus... j'aurai quitté ce monde où j'ai tant souffert ! Tu ne comprends jamais, toi, toutes les angoisses de mon cœur déchiré, toutes les révoltes de ma nature devant tant d'indifférence. Oh ! non, je ne regretterai pas la vie. Je puis m'en aller demain, je peux m'en aller ce soir... je suis prêt : ma conscience ne me reproche rien.

Sans être en mesure de répondre, le père était bouleversé... et de grosses larmes apparurent sous ses paupières. Du revers de sa main il essuya ces larmes qui ne tarissaient point. Tout son être tremblait, et un sanglot étouffé souleva sa gorge.

-   Regarde-moi, pardonne-moi de t'avoir fait de la peine, finit-il par dire.
-   Comment tout oublier ? demanda Rémi.
-   Je ne sais pas. Je suis là pour te montrer l'étendue de mon ignorance. Je t'aime... D'ailleurs comment ne pas aimer ses enfants, son père, sa mère ?

- Mais es-tu vraiment mon père ? Comment aimer son père quand on ne le connaît pas ?
- Pourquoi pas ?
- Parce que tu as vendu ton âme au diable. Tu as voulu venir à Paris, monter une affaire, gagner beaucoup d'argent. C'est réussi. Mais tout ça a un prix... ce maudit travail est devenu ta seule famille, ton épouse, tes enfants. Tu as chassé ton épouse, tu as abandonné ton enfant, ne t'étonne pas que, comme l'eau, rien ne reste dans le creux de ta main.

Inaccoutumé à entreprendre une discussion avec son fils, *Papa* interrogea sans ironie :

- Tu veux rejoindre maman ? Quel voyage !

Papa se frotta vivement les mains et parla. Les rares fois qu'il tenait ainsi son fils à table ou dans quelque coin, il l'initiait aux secrets de la politique générale. En quoi il obéissait à ce curieux penchant des grands bavards d'entretenir avec autorité leur victime de son propre métier. Tiennent-ils un hussard par un bouton de son dolman ? Ils lui apprennent à monter à cheval, là, tout de suite, en deux temps, avec une chaise. Leur patient est-il marin ? Ils lui enseignent la navigation, en chambre. Un sculpteur ? Ils ébauchent à son intention, d'un pouce alerte, les grandes lignes de son art délicat. Ainsi de tous. Et pour peu que l'auditeur soit modeste et timide, ils parviennent à le convaincre de son ignorance et de leur science. Ainsi *Papa* traita son fils de la vie, suspendu par un simple fil, le fil du téléphone, le fil rouge de la vie. Quoi de moins simple ! Il en parla avec son génie particulier, sa haine des choses établies, son dédain des grandeurs, une éloquence hargneuse et boursouflée, une violence de pantomime anglaise où les coups sont

terribles et inoffensifs. Et les « Ton client croit », les
« Ton chef aurait dû » pleuvaient.
Ah ! il passa un mauvais quart d'heure, le pauvre Rémi. Il
en passa même cinq, des mauvais quarts d'heure. Le
jeune homme hochait la tête, jetait des coups d'œil à sa
montre. Il gardait, au lieu de sa grâce habituelle, une
attitude inquiète, cet air de chien perdu que prennent les
gens déçus par un rendez-vous manqué. Sur un ton de
reproche un peu sec, il interrompit la tirade d'estrade de
Papa.

-   Tout cela est sans importance. Seul compte mon
    bonheur. Papa tu me fais perdre mon temps ; tu es
    contrariant.
-   Tu nous annonces ça sans crier gare, toi.
    Comment, on va te… Non, ce n'est pas possible.
    Tu te rends compte ?

Papa sortit son paquet de cigarettes pour s'en griller une
et voulut poursuivre la conversation.
Rémi, la première effusion passée, consultait de nouveau
sa montre.
« Je ne verrai décidément pas maman. Il faut absolument
que je l'arrête ». Il fallait laisser Papa en plan ; Rémi
préféra raccrocher. Le père promit de passer à la maison,
de s'y rendre au plus vite.
« C'est bien ! Mais on s'en fiche ! « J'y serai ou peut-être
pas, pensa le jeune homme. Toi, tu m'y trouveras
sûrement ; je ne sais pas dans quel état ».

Chapitre 28

Le 20 mai 2002
Voilà quelque temps qu'ils se connaissaient, Louise lui tombait dans les bras, mais Philippe l'aimait-il ? Voyait-il plus clair dans son cœur ? Il n'en savait rien. Son autre moi, cet être que tout homme héberge dans son cœur et qui l'interroge et qui le harcèle de questions, lui demanda :
-   L'aimes-tu ?
Philippe secoua la tête.
-   Je ne sais pas, si, je l'aime ; et je ne sais pas non plus si elle fait vraiment attention à moi. Parfois, il me semble qu'elle me recherche, qu'elle est heureuse lorsqu'elle me parle ou lorsqu'elle me regarde, puis, aussitôt, elle s'éloigne, le visage triste, comme si, entre elle et moi, une ombre était passée soudainement. J'ai cru, souvent, que ses paroles allaient trahir le fond de son cœur, et brusquement elle se tait. Souvent aussi, elle me regarde avec une sorte d'effroi, de désespoir.
-   Je ne comprends pas.
-   Elle est attirée vers moi et elle s'en éloigne. Il semble que je lui plaise ou que je lui déplaise à moins, avoua Philippe en souriant, à moins que tout cela ne soit chez moi que des imaginations, que rien ne soit vrai, et que je ne me fasse un film. On s'est connu, on s'est séparé, on s'est retrouvé, mais c'est fini. Basta !
Ce qu'il disait, était bien l'image de ce qui se passait dans son cœur où tout n'était qu'incertitude et irrésolution. Il avait été frappé, attiré, séduit, par la beauté et par la grâce de Louise. Il la recherchait et il la fuyait. On eût dit qu'il prenait à tâche de détruire tout le chemin qu'il faisait

parfois dans son cœur, comme s'il avait redouté d'être allé trop loin et de l'avoir ému. Et il redevenait indifférent et froid. Par moment, il se mettait à la fuir. Ce jeu pouvait réussir pour une bluette ; entre eux, ce n'était pas une bluette et cela ne pouvait que surprendre et attrister Louise.

Il n'y comprenait rien lui-même. D'où venait son attitude singulière ? Pourquoi ces reculs soudains après s'être avancé brusquement ? Aimait-il Louise ? Pourquoi ne pas se déclarer franchement ? Ne l'aimait-il pas ? Et alors pourquoi ce manège étrange, indigne de sa franchise et de sa droiture, et qui pouvait troubler le cœur de la dame ? Et qu'importe le mari ! A la suite de son entêtement de jadis, il avait perdu une première fois sa main et il ne fallait pas rater le coche. Bien entendu, rien n'était évident, il fallait vaincre l'époux, construire une confiance sur de saines bases. Il fallait … non la liste trop longue laissait davantage à craindre qu'à rassurer.

Pourtant la question essentielle était : Aimait-il Louise ? Toute la suite de leur vie commune dépendait de sa réponse.

Sur les traits délicats de Philippe apparaissait comme un air de souffrance, et les amis ne furent pas peu surpris en entendant, dans la bouche du jeune homme, la réponse que Louise, elle-même, aurait donnée confusément : « Je ne sais pas ; non, je ne sais pas ! »

Le lendemain, sans doute pour l'aider à démêler ses sentiments, Philippe invita Hélène, une vieille tante, en qui il avait toute confiance ; elle avait son franc-parler et ne manquait pas de jugeote.

Ce fut dans un bar à vin que la rencontre eut lieu. Il n'y avait encore, à cette heure-là, dans le caveau, que trois ou quatre couples, à des tables lointaines. Ils prirent place dans un coin sombre. Philippe demanda deux fines. C'était la consommation préférée de tante Hélène. Elle regarda et sourit. Il en était tout confus.

- Non, pas comme ça. Tu me déshabilles des yeux, ma tante…
- C'est bien pour ça que tu m'as fait venir, là, sur un terrain neutre, loin de nos maisons, que tu m'amadoues en me servant un bon vin ; non ?

Elle se tut quelques instants :

- Il y a du nouveau ?
- Non.
- Alors, pourquoi m'as-tu fait venir ?
- Parce que, sans qu'il y ait rien de nouveau, ça brûle, ça brûle tout de même.
- Explique-toi.
- Louise et son mari semblent se rabibocher.
- Comment le sais-tu ?
- On s'est rencontré, un peu par hasard à la salle de sport.
- Après ?

Tante Hélène voulut savoir quel était le secret de ces deux petits cœurs. L'affaire n'était pas simple. Louise et Philippe semblaient s'aimer, se le disaient parfois, se voyaient avec plaisir, mais si l'un était veuf, l'autre était mariée et jeune maman. Alors que faire ?

- Approche ta jolie frimousse, pour que je n'élève pas trop la voix, dit Hélène à son neveu. Faut pas qu'on puisse entendre les confidences que j'ai à te faire.

Alors, très bas, un long colloque s'établit entre eux. Et à considérer les changement de physionomie de Philippe, l'altération de ses traits, sa surprise, sa colère, puis sa joie, il était facile de deviner que tout ce que lui racontait Hélène avait pour lui un intérêt de premier ordre.

- Tu as compris ? Ça n'a pas l'air compliqué, mais c'est vous mes enfants qui l'êtes. Elle est sûrement de bonne foi quand elle prétend qu'elle ne sait pas si elle t'aime, parce qu'elle est retenue de te faire l'aveu de son amour à cause d'un secret qui la tient au cœur.
- Un secret ? De quelle nature ? Et comment es-tu si bien renseignée sur elle ?
- Comment je suis renseignée ? Je veux bien te le dire, pour que tu ne mettes pas mes paroles en suspicion ; par ma sœur…
- Tante Rose ?
- Oui, tante Rose.
- Et le secret dont tu parles ?
- C'est grave à te révéler.
- En quoi, s'il te plaît ?
- En ce que tu joues ton rôle dans cette affaire. Oui, même un drôle de rôle, sans le savoir, naturellement.

Et tante Hélène éclata de rire.

- Veux-tu t'expliquer clairement, ma tante ? dit Philippe avec impatience.
- Ne te fâche pas. Tout à l'heure, si tu as bon caractère … Donc vous flottez tous les deux.
- Oui, c'est pareil pour nous deux…
- Je ne crois pas du tout, dit-elle avec un éclat de rire. Vous autres les hommes, vous êtes si naïfs que vous ne pouvez pas deviner ces gentillesses du cœur, mais nous autres, les femmes, nous y voyons clair tout de suite.
- Dis-moi, comment tu sais l'histoire ?

- Juste le hasard… Disons, je connais la marraine de Louise.
- Comme ça ?
- Nous étions chez une amie commune, Rose ; on parlait de nos nièces et filleuls ; elle me décrit une personne qui correspondait en tous points à ton ancienne copine : Louise. Ce qu'elle en disait m'a suffi pour tout comprendre et comme je suis psychologue et toi, stupide, j'ai tout compris.
- Alors, parle ; tu me tortures…
- Voilà. Écoute-moi, déjà je peux t'affirmer que tu es nul en math.
- Qu'est-ce que ça a à faire dans notre histoire ?
- Tout ! Sors ta calculette. Te souviens-tu de ta toute première rencontre avec Louise ? (Il fit « oui » de la tête et sembla donner à son visage une exquise figure d'angelot satisfait.) C'était quand ?
- Le jour exact, je ne sais pas, disons il y a près de six ans…
- Sois plus précis.
- Alors (il ferma les yeux, puis au bout de quelques secondes de calcul mental répondit :) enfin, un peu moins de six ans.
- Vous n'avez pas tout de suite couché ensemble ?

Surpris par la rudesse de la question, Philippe fit une grimace valant réprobation.

- Je sais, je suis brusque, coupa la tante, mais il faut qu'on avance. Alors ?
- Disons trois mois.
- Donc ?
- Je ne vois pas !
- Tu es bête, aussi bête que les autres hommes !

Elle le fixa des yeux, souhaitant que ce fût lui qui trouvât la réponse tout seul.

- Tu ne vois pas ?
- Non ! Pas encore.
- Mon pauvre, tu es naïf !
- Rémi…
- Quoi Rémi ?
- Quel âge a-t-il ?

Et ce fut comme une chape de ciment sur tout le bistrot. Philippe commençait à entrevoir la petite lumière qui luit au fond des tunnels. Immobile ; il n'avait qu'un geste fébrile, s'il avait un geste ; il n'avait plus qu'un regard inquiet, s'il avait un regard. Il resta impassible, presque souriant ; le regard sans cesse tourné vers la porte du bistrot, disait qu'il était tout à une absence. Une larme perla dans le coin de ses yeux.

La tante s'aperçut que l'émotion gagnait son neveu et lui prit la main.

- Viens…

Il se laissa faire, il s'abandonna à sa tante. Elle se trompait probablement et cependant, il souhaitait qu'elle eût raison. Incapable de réagir, paralysé par les nuages à l'horizon qu'il entrevoyait, il attendait que sa tante lui soufflât les paroles ! La dame se tut, lui passa la main sur les tempes et lui dit sur un ton maternel :

- Ce qui te reste n'est pas simple ; fais au mieux pour l'intérêt de tout le monde.

Chapitre 29

Le 22 mai 2018 à 13h10

Les deux amis, Marie et Boris partageaient mutuellement leurs dernières informations. Ils apprirent presque simultanément que Manuel Ortiz l'assistant, était parvenu à calmer Rémi, qui avait promis, même si cela n'avait pas été obtenu simplement, de surseoir à son projet. Aussitôt, un appel du père avait douché leur optimisme, puisqu'il leur confia que la conversation avait bien commencé, mais qu'à la fin, pour des raisons qu'il n'était pas en mesure d'analyser, elle avait dégénéré et des mots plus hauts que d'autres avaient eu un effet destructeur. Il affirma sa déception, son échec personnel et espéra faire le reste de la route qui le séparait de Meudon, encore plus rapidement pour ne pas arriver trop tard.

Autour de la même table de bistrot, les deux amis se parlaient et regardaient les minutes défiler. Peu de temps fut nécessaire pour qu'ils s'encouragent mutuellement et décident de filer rejoindre Rémi chez lui, à Meudon. Ils décidèrent de se séparer, Marie prenant un taxi. Tenant compte de l'heure et des embouteillages parisiens, Boris préféra utiliser les transports en communs, en général plus lents, mais fort pratiques lorsque la ville est enkystée par les voitures.

Boris sauta dans le métro, et sitôt assis, ne voulant pas laisser le père de Rémi, créditeur d'une bonne action, le rappela et lui dit ses quatre vérités. Cela ne changea rien à l'affaire, mais fit du bien au jeune homme qui se sentit à nouveau ragaillardi.

Boris était profondément triste, plus pâle que la robe blanche d'une infirmière, plus terne que les fleurs piquées dans la coiffure d'une mariée. Son aile semblait brisée... il laissait aller et venir autour de lui dans la rame de métro, sans paraître comprendre et voir ce qui se faisait ; quand un voisin lui demanda de lui céder le passage, il ne répondit pas, l'esprit ailleurs. Oh ! le triste soir qui se préparait ! La terrible bourrasque qu'il voyait arriver ! Oui, il pensait ce qu'aurait été cette fin de journée si elle avait été juste normale. Elle aurait été si gaie, si alerte... Il aurait dignement fêté le passage de son mémoire... C'était à son ami qu'il devait tous ses ennuis, mais il persistait à ne pas le croire coupable ; coupable de sa propre mort. Il le défendait encore en lui-même. .. Oh s'il avait pu, par l'aide d'une fée bienfaisante, produire ce changement, que ne l'aurait-elle fait !

Il regardait avec anxiété courir les heures... Il eût voulu pouvoir arrêter les aiguilles, ces satanées aiguilles qui, inexorablement avançaient, couraient, le traînant par la main pour le conduire vers le drame.

Pourquoi ne peut-on pas arrêter le temps quand on est pressé ? Plus que quelques minutes à présent... Même pas... Plus que dix, plus que cinq, plus que trois. C'était bientôt la fin du jour. Marie et lui, ses fidèles amis reviendraient encore sur la petite terrasse de Fernand, oui, comme, pour le retrouver - pour retrouver son souvenir - mais il ne serait plus là, ils ne l'entendraient plus et ils ne le verraient plus.

Boris savait que le jeu était impossible : il prétendait arrêter le temps, le temps, seule fontaine qui coulera sans cesse, emportant dans le même flot, les heures et notre vie.

Il avait quitté le métro et se dirigeait, aidé de son smartphone. Il entendit 14h sonner au loin, il repensa au temps ; inexorable. La fièvre le prit ; il commença d'entrer en franchise avec lui-même, de s'avouer le prix extrême qu'il attachait à ce tête-à-tête avec la solitude, avec l'ultime coup d'adrénaline. Il força le pas.

Aux abords de la rue, tout semblait calme. Un texto de Marie l'informait qu'elle était ralentie à la sortie de Paris. Il savait désormais qu'il ne pouvait compter que sur lui-même. Il pria tous les saints du ciel, pour être doté, pour une heure, au moins une heure, d'une belle éloquence et être en mesure de dissuader son ami de commettre l'irréparable.

Boris forçait le pas ; il n'était pas question d'arriver trop tard ; il s'en voudrait toute sa vie. Les enjambées de géant se succédaient et son cerveau tant sollicité depuis le matin, ne parvenait à chasser qu'à grand-peine, l'idée de la mort. Comme à toutes les âmes simples, les esprits candides, la mort lui apparaissait comme quelque chose de bien mystérieux.

Il voyait son ami étendu raide, immobile, muet, sentait qu'il fallait être triste, et c'est tout : aucune terreur, aucune répugnance, que de l'amitié. Il se dirigea vers le corps et le caressa doucement :

Rémi, tu m'entends ?... écoute, j'ai à te parler. Il s'attendrit : « On s'est toujours entendu, depuis le début. Nous deux, on s'est toujours porté sur la main, on ne s'est jamais dit un mot de trop, tu vas me rendre un dernier service... A présent, moi, il faut que je dorme, tu comprends. Demain, qui c'est qui ira à la fac ? C'est pas toi, peut-être, l'ami ! Toi, tu veux retrouver l'infini ; alors du calme ».

Il chassa cette idée lugubre et poursuivit sa course rapide. Puis il passa en revue tout ce qu'il fallait lui dire. Juste ce qu'il fallait pour se quitter bons amis et que, sitôt le dos tourné, il n'ait pas envie de replonger dans la déprime.

Il pensa à leur première rencontre. Tout cela était loin. Il avait un regard amusant, malicieux, inoubliable, d'une instabilité qui eût ravi Machiavel. Son œil qui, par moments, vous regardait en face avec la plus loyale bonhomie, l'instant d'après se voilait doucement sous une paupière tremblante, alors qu'il s'agissait de ne pas livrer un mot de trop, de tout dire sans rien compromettre, de tout promettre sans engager outre mesure l'avenir.

Boris arriva sur la rue et suivit les numéros. C'était une longue rue parallèle à la voie ferrée, coupée seulement par une place et par deux petites rues latérales conduisant à des zones pavillonnaires. Tout était silencieux, désert ; son cœur battait la chamade ; il regarda au loin ; il crut reconnaître une silhouette : Rémi qui s'approchait du portail de son pavillon.

L'idée d'arriver trop tard lui broyait le cœur. Il ne demandait qu'à l'entrevoir un instant, lui presser la main, lui dire adieu ; il unissait dans son élan, le sourire aux larmes.

Tout se mélangeait : le malheur de l'instant, le bonheur de cette amitié ; Dieu seul, connaissait les pensées étranges qui s'amoncelaient dans son cerveau.

Plus il éprouvait d'angoisses, plus il se pressait. Deux fois il faillit rouler sur le sol et il était encore à plus d'un kilomètre de la maison. Il fallait aller plus vite, encore plus vite. Il y avait une côte à gravir. Il se sentait mollir et presque tomber sur les genoux. Heureusement que le cœur commandait la course et qu'il trouva une graine de force pour les derniers mètres. Mais les jambes ne l'entendaient pas de cette oreille.

Brisé par les émotions incessantes et trop vives autant que par la fatigue, il glissa sur le trottoir et se prit à pleurer comme un enfant.

Il resta quelques instants dans cette position, se laissant aller au désespoir. Il crut que son cœur briserait la poitrine, tant il était accablé. Son âme avait perdu sa force, et sa raison sa volonté. On eût jeté sans doute sur lui un regard de dédain, si quelqu'un l'eût trouvé dans cette situation.

Une brise miraculeuse vint rafraîchir ses sens, lui donna un supplément de force et lui rendit ses idées. Fallait-il vraiment qu'il rejoigne Rémi ? De quel droit interférait-il dans sa vie ? Au nom d'une amitié de trois ans ? Cela faisait peu de choses de tout ce qu'il avait vécu avant et l'avait façonné. Mais comment baisser les bras ? Il lui semblait impossible de laisser son ami glisser vers la folie de la mort. Se voir ? Un regard d'adieu ne pourrait augmenter les félicités passées. Ils n'éprouveraient qu'un chagrin de plus à se séparer encore. Ses larmes le consolaient un peu. Son agitation fébrile, la fatigue, la tension, expliquaient facilement l'ébranlement de son système nerveux. Ce que le sort fait était bien fait. Devait-il se relever pour courir encore, courir toujours vers Rémi ?

Les derniers mètres furent terribles ; debout devant le portillon, il sonna. Un mince son se fit entendre. Fallait-il attendre ou bien renouveler l'appel ? Boris appuya à nouveau sur le bouton et attendit. Sur le point de recommencer, la porte d'entrée s'ouvrit et Rémi sortit la tête.

Chapitre 30

Mardi 22 mai 2018 à 13h30
Quelques minutes plus tôt, Remi tournait la clef, poussa la porte et faisait le premier pas dans sa maison. Aucun bruit ! C'était un de ces jours où la maison dormait alors que les roses du jardin poursuivaient leur épanouissement… La maison lui paraissait sous des angles nouveaux. Couloir, bibliothèque, salon, cuisine, tout restait à peu près vide ; vide de vie. Un coup d'œil suffit à Rémi pour constater que *Papa* n'était pas là. D'ailleurs, il s'y attendait. Il entra dans la bibliothèque, s'assit au bureau de son père, feuilleta un magazine. Mais sa pensée était ailleurs.
La porte sonnait. Une visite… pas à cette heure, ce n'est pas le bon moment.
Il faut aller voir.

-   Encore toi ? dit Rémi.
-   Je suis de trop ? répondit Boris.
-   Non, mais il faut me fiche la paix.
-   Au moins te dire un mot ou deux…
-   Me dire adieu, s'il te plaît…
-   Te dire au-revoir, mon ami.
-   Mais fiche-moi la paix ; tu me contraries. Au nom de notre amitié, je veux le calme ; je ne peux partir dans l'énervement, dans le regret, dans le stress que tu m'infliges.
-   Mais je suis ton ami et je veux ton bonheur…
-   Alors va-t'en et laisse-moi. Je veux partir en beauté. Ouste !
Etre parvenu avant l'acte irréparable et ne pas être en mesure de le convaincre de changer d'avis, constituait un lourd fardeau pour Boris. Il aurait tant aimé changer le

cours des choses. Il est vrai que sitôt le dos tourné, il n'y avait aucune assurance que Rémi maintînt son avis. Pourtant, il prit sa décision.

Boris entendit le taxi de Marie au bout de la rue, il se retourna et vit le regard inquiet de leur amie, il fit une accolade à Rémi, un dernier adieu, le poussa à l'intérieur, le laissant seul avec ses démons et ferma lui-même la porte ; il l'abandonna à son idée fixe.

La ligne de vie était interrompue. Rémi devait retrouver son état de sérénité antérieur. Il fallait faire des efforts, choisir ses pensées, discipliner sa respiration et oublier, oui oublier tout ce qui le reliait au monde. Retrouver la pensée unique qui l'avait guidé jusque-là. Il ferma les yeux et laissa passer le temps.

Le bien-être l'inondait à nouveau. Il était à cet âge où l'on peut avoir l'esprit et le corps allègres, du moins lorsqu'on parvenait à bien faire le point. Dans son avenir, pas un nuage, dans son passé, quelques regrets qu'il s'efforçait d'oublier. Il était parvenu à effacer les vieux fantômes qui l'avaient, bien des fois, troublé. Puis depuis quelque temps, les heures accumulées, avaient amené de nouvelles impressions, sa détermination avait fait le reste, l'image de sa maman s'affirmait, devenait prenante, vivante, envahissante.

Il avait le temps, il se sentait hors du temps.

« Qu'est-ce qu'on est bien chez soi ? pensa-t-il. Nouveau sentiment. Jusque-là, ce n'était pas nécessairement le meilleur endroit du monde ; d'ailleurs y en avait-il ? Les soucis devaient rester à la porte. Il n'y en avait plus.

Il promenait des yeux ravis à travers ce calme intérieur, où tout était gai, avenant, accueillant.

Le jeune homme lisait sans comprendre. Bientôt même, l'immobilité lui devint insupportable. Il rejeta la revue illustrée sur la table et se leva. Il se mit à passer d'une chambre à l'autre… Il recherchait la sienne ; c'était là qu'il avait prévu de partir.

« Ah ! qu'on est bien chez soi dans la maison où on a grandi, vécu son passé et ses souvenirs. Comment ai-je pu tarder si longtemps, pensa-t-il ? Comment ne suis-je pas revenu plus tôt ? »

La pensée de la suite le tint quelque temps dubitatif. Que serait cette entrevue décisive, d'où dépendaient ses sentiments et qui déciderait peut-être de sa vie ? Il lui semblait qu'il allait vers sa maman comme à un amour nouveau, idéal celui-là, irréprochable, sublime, supérieur à tout ce qu'un cœur d'homme peut éprouver. Il n'avait qu'une peur : céder à un entraînement d'effusions, être ému à en perdre contenance, ne pas vraiment en profiter. Non, il ne fallait pas. Il devait se maîtriser, au contraire, garder une attitude contenue. La surveillance sur lui-même, l'habileté, l'adresse délicate pouvaient seules créer le climat qu'il escomptait.

Tout commençait à être clair dans sa tête.

Il quitta le bureau et passa à la cuisine. Il partit dans le petit jardin à l'arrière de la maison. Il retrouva là, le coin de verdure dont sa maman avait toujours rêvé. Il poussa la porte et trouva la chaise à dossier métallique et au siège fait d'un coussin rouge sang. Il s'assit ; trouva une position confortable. Il examina tous les coins de la serre et arrêta son choix sur un mignon banc rustique en bambou à moitié enseveli sous un petit palmier dont les feuilles dentelées tombaient jusqu'à terre. Il déplaça la chaise. « On y est bien, se dit-il, quel calme, quelle tranquillité ! » Près de lui, avec un murmure monotone et berceur, chantait une cascade aux reflets irisés et mouvants. Les fragrances des fleurs se confondaient en une essence capiteuse et troublante. Une langueur s'empara bientôt de lui. Ses paupières alourdies se fermèrent.

Il se redressa, il n'était pas temps de s'endormir. Pourtant, un rêve s'empara de lui. Oh ! Le rêve bizarre ! Il lui semblait qu'il était transporté sur les hauteurs d'une falaise élevée surplombant une mer grise, houleuse et déferlante. Et le vent soufflait, pleurait, hurlait en rafales. Et dans ses gémissements une voix inconnue criait : « Rémi, Rémi ! Voici l'amour qui passe et t'appelle ». Et, sur la crête de la falaise, parmi les bruyères et les ajoncs, fuyait une forme nébuleuse, une femme grande, vêtue de blanc, enveloppée d'un voile de crêpe. Il reconnut sa mère ; il voulut la rejoindre, fit les efforts pour se lever et pour courir. Déjà partie !

Cette maison ! Quelle maison ! Il l'avait connu enfant, s'accrochant à la robe de sa mère ; le reconnaîtra-t-elle, maintenant qu'il la visitait jeune adulte ?

Il fit quelques pas dans la serre.

Il était enfin seul, retiré du monde, pareil à un ermite des vieux âges.

Quelques fins nuages, d'une blancheur de duvet, volaient dans le ciel pâle, tandis qu'un silence frissonnant descendait des plantes en pots.

« Et je n'ai plus qu'un désir, celui de m'anéantir là, de m'abandonner à ces eaux, à ces nuages, de me perdre dans ce silence, se dit-il. Cela est si bon de cesser les querelles de son doute et de s'en remettre à cette sérénité durement acquise, qui, elle, fait sa besogne sans un arrêt et sans une discussion ».

Il pensait à son bonheur et à sa félicité future, au bel avenir espéré ; il avait ainsi acheté le droit à la paix de l'âme et à la joie du cœur, en payant comptant tout d'abord ses droits à la souffrance.

Rémi n'avait pas la mémoire oublieuse ; peu de temps auparavent, ses affaires se présentaient mal.

Il avait connu des nuits épouvantables. Et s'il ne perdait pas raison, il avait néanmoins conscience du changement qui, peu à peu et malgré sa volonté même, s'opérait en lui. C'est qu'aussi il dormait à peine. Aux heures de la journée comme à celles de la nuit il se posait cette éternelle et poignante question : « Ai-je vraiment eu raison d'agir comme je l'ai fait ? » Parfois il se donnait tort. Volontairement il s'était condamné lui-même à l'éternel isolement. Pourtant il avait un père, il aurait pu vivre auprès de lui. Il eût été, peut-être aimé, entouré de soins et de tendresse. En pensant à ce père il lui était impossible de réprimer un long tressaillement ; un tressaillement qui n'avait rien de pénible, mais bien au contraire quelque chose de troublant. Alors, des remords confus s'avivaient en lui. Si pourtant celui qui portait son nom, ce père industrieux et actif, était véritablement son père biologique… non, la phrase s'interrompait dans son cerveau. Il repoussa l'idée, se sourit à lui-même et estima le temps de l'action enfin arrivé.

Il se dirigea vers sa chambre pour les derniers préparatifs. Il ouvrit la porte de son placard à vêtements et sans précipitation sortit un pantalon, une chemise blanche et un boxer de la même couleur. Il trouva que la combinaison ne convenait pas à ce voyage dont il préparait chaque point. Il replaça le pantalon et la chemise dans l'armoire et emporta le sous-vêtement dans la salle de bain.

Il sortit un rasoir tout neuf, se couvrit le bas du visage de crème et entreprit de se raser. Il se regarda dans le miroir. Il ressemblait à un clown blanc. Il se sourit et se demanda ce qu'en penserait sa maman. « Je suis sûr qu'elle me regarde et espère ma rencontre bientôt. Peut-être même qu'elle s'amuse de me voir si affairé, si méthodique, si désireux de lui faire plaisir », pensa-t-il.

Il fallait réparer ce visage fripé, ces yeux que des larmes avaient bien rougis. Quelle physionomie à exhiber ce soir lorsqu'il sera face à sa maman ?

Il acheva de se raser, s'essuya les joues. « Maman, je ne te ferai pas honte. Je suis propre et aussi beau que possible. »

Il se regarda à nouveau dans la glace ; il aperçut sa maman. Il se retourna ; personne. Juste une impression fugace. Il crut voir des colonnades noires, sa maman assise sur un rocher de marbre blanc ; elle sommeillait, gardée par deux amours couronnés de fleurs. Des lys et des roses blanches fleurissaient le rocher. Elle s'éveillait lentement, s'étirait, puis après avoir cueilli une rose blanche se regardait dans un miroir d'argent. Rémi se pencha pour mieux discerner. Il vit sa propre image souriante. Elle agitait sa main comme pour saluer ; maman lui souriait. Il comprit que rien ne pouvait arrêter les choses en marche.

Il ouvrit les robinets d'eau dans la baignoire, vérifia la bonne température puis y plongea le pied. Il eut une bonne sensation. Le reste du corps suivit et il s'étala de tout son long dans la baignoire. L'eau chaude parvenait à son cou. Il se détendit et ferma les yeux.

Au bout de dix minutes, commençant à ressentir l'eau se refroidir, il se hâta de se doucher rapidement, s'essuya, mit sa serviette à sécher, se vêtit de son boxer et regarda à nouveau dans le miroir. Il fallait se coiffer. Contrairement aux habitudes, il préféra sortir le séchoir à cheveux, aplatit les plus rebelles, coucha les autres et se considéra prêt.

Rémi se dirigea vers la petite chambre à l'étage où sa maman avait ses affaires de couture, restées en l'état depuis sa disparition. Il trouva sans mal ses ciseaux de couture, remit tout en place et se dirigea vers sa chambre. Il était prêt, rasé de près, comme un fiancé qui va rencontrer sa chérie.

Il n'avait qu'une idée en tête : qu'il fût le plus présentable possible. Il est vrai, le suicide laisse des marques décourageantes. Mais la faute à qui ? Croyez-vous que ce soit tellement drôle d'avoir à se pendre dans sa cuisine et de tirer une langue toute bleuie ? Ou de laisser un petit morceau de cervelle sur le trottoir, que les chiens viendront renifler ? Ce n'était pas un suicide, mais un départ, un voyage. Il ne partait pas malheureux, mais plein de joie de retrouver sa maman. Il avait la joie du jeune marié qui attend que sa maman lui donne le bras et qui le conduise jusqu'à l'autel.

Couché, il ne lui restait qu'une action : regarder la photographie de maman-Louise posée sur sa table de chevet et enfoncer rapidement et fortement la pointe des ciseaux sur son cœur.

Son téléphone se mit à sonner.

Chapitre 31

La mi-février 2002

- Chut, ferme les portes, dit *Papa* à Philippe.

Papa était flatté que Philippe vînt si vite, mais il craignait que sa chambre de malade sans air, et presque sans lumière, fût pénible. L'ami entra sur la pointe des pieds et s'apprêtait à parler à mi-voix. Il ferma la porte de la chambre qui donnait sur le corridor, celle qui communiquait avec la salle de bains. Il revenait auprès du lit du malade lorsque celui-ci l'arrêta d'un geste.

- Ecoute attentivement. Tu n'entends aucun bruit ? Personne ne marche à côté ?

Philippe, étonné, mais consentant aux désirs d'un fiévreux, analysa les rumeurs qui lui parvenaient, identifia celles qui venaient de l'office, reconnut qu'un bruit de pas provenait de l'étage supérieur. Un peu gêné, il alla même jusqu'à appuyer son oreille contre les panneaux des portes pour certifier. Non, rien à craindre, ce n'était que les cris des enfants dans la cour de récréation de l'école voisine.

- Où est ma femme ?
- J'ai dit bonjour à Louise en passant. Elle est dans le bureau.
- Que fait-elle ?
- Je crois me rappeler qu'elle était en train d'écrire.
- Donne un tour de clef et approche.

Philippe s'assit tout près du lit.

Papa se souleva sur ses oreillers, mais il retomba haletant. Son ami se pencha sur lui, lui prit la main.

- Philippe, dit papa, je mets en toi toute ma confiance. J'ai un aveu à te faire, un service à te demander. Il m'en coûte, car tu es tout autant l'ami de ma femme que le mien, tu l'admires et tu me jugeras très mal. Mais tu es le seul homme que je sache discret. Et puis, pour la mission dont je veux te charger, il faut justement quelqu'un qui aime bien Louise, et mette en œuvre toute son affection pour elle.

« Cet idiot croit qu'il va mourir » songeait Philippe amical et bourru.

- Allons, mon vieux ne t'agite pas. Ce n'est peut-être pas si grave que ça.

- Ecoute, avoua papa. J'ai une maîtresse depuis quelque temps. Je voudrais la voir. Le seul moyen, c'est qu'elle vienne ici. Je ne pense qu'à cela c'est une obsession. ajouta-t-il d'une voix basse et comme honteuse, une obsession de fiévreux. J'ai idée que cette femme venue du dehors m'apportera l'air frais, la guérison. Il faut que tu engages Louise à sortir une heure chaque jour pour que Mathilde puisse venir. Pour être bien sûr qu'elle sorte, il faut que tu viennes toi-même la chercher. Je t'en supplie, ne me dis pas que c'est le comble de l'indélicatesse ; je le pense moi-même, et j'en souffre.

Il se tut, épuisé. Philippe était stupéfait. Il avait toujours cru *Papa* le meilleur des maris, le plus jaloux, le plus possessif.

- Surtout, Philippe, que Louise ne soupçonne rien. Si elle apprenait la vérité, j'en mourrais. Et, fière comme elle l'est, avec son horreur du mensonge, elle me quitterait certainement si elle savait que je l'ai trompée. Je ne pourrais pas vivre sans elle. Car ne crois pas que je n'aime pas ma femme. Je n'aime profondément qu'elle. J'aime même son intransigeance, et de tant exiger de notre amour.

- Alors, l'autre ? Philippe fit un geste vague.

- Une passade qui a duré. C'est autre chose. Louise
  est peut-être trop parfaite. J'ai besoin, par instants,
  d'une femme moins raffinée, que je puisse
  mépriser un peu. Oh ! je suis un pauvre type
  Philippe.

On sentait que *Papa* attendait un mot de sympathie, un
commentaire qui l'encouragerait à parler. Mais les mots
s'étouffaient dans la gorge de Philippe. Il ne put que
serrer la main de son ami. *Papa* le regarda avec
reconnaissance.

- C'est entendu ? Tu veux bien ?

Philippe fit un sourire, valant acceptation.

- Ecoute, tu vas encore me rendre un service. Ouvre
  mon secrétaire. Tu trouveras dans le tiroir du bas,
  à droite, oui, là, un paquet de lettres. C'est la
  correspondance de Mathilde : les lettres posthume
  de mon infidélité ; que mon souvenir soit sauvé.
  Ce serait pour elle un tel écroulement. Elle ne
  pourrait jamais croire que je n'ai pas cessé de
  l'aimer.

Philippe mit docilement les lettres dans sa poche.

- Merci, mon vieux, dit *Papa*. Et maintenant, va
  trouver ma femme. Emmène-la promener jusqu'à
  4 heures. Mathilde guette du bistrot en face, que
  vous soyez sortis.

Philippe trouva Louise dans la grande salle claire où elle
se tenait habituellement. Elle était assise devant le feu et
semblait songeuse. C'était une femme de trente ans, aux
manières calmes et aisées, de ces femmes dont il semble
que le vent même respecte l'ordre de leur chevelure tant
elles sont toujours bien coiffées. Au début de leur
relation, il n'osait jamais discuter avec elle ; elle
défendait ses opinions avec passion et acceptait

difficilement qu'on pensât autrement qu'elle. Et voilà justement qu'on le chargeait pour elle d'une mission qu'il jugeait honteuse ; se remettre avec la personne qu'il aimait le plus au monde. S'agissait-il d'une facétie du destin ?

D'un signe de la main, elle invita Philippe à s'asseoir en face d'elle.

Volontiers silencieuse, elle remplaçait souvent une phrase par un geste.

-   Comment as-tu trouvé *Papa* ?

-   Bien nerveux.

Elle hocha la tête.

-   Il est de ceux qui ne savent pas prendre leur mal en patience.

-   Mais toi-même, Louise, je te trouve mauvaise mine.

Il avait préparé d'avance son discours et se sentit perdu en remarquant combien il était facile de retisser les liens avec son ancienne maîtresse.

Chapitre 32

Le 22 mai 2018, à l'heure ultime

Rémi était aux prises avec sa mémoire, donnant à ses visions, les allures de films à grand spectacle, mélangeant les années et les rôles, alternant les personnages et compliquant à loisir ce qui n'était pas simple, dès le départ.

Il était là, bambin de cinq ans, à la bouche, les mots qu'il aurait pu dire en ce jour, la vingtaine dépassée. Papa était devant lui et maman, un peu en retrait, avait sa tête des mauvais jours, lorsqu'ils n'étaient pas d'accord entre eux. Il peinait à comprendre les raisons de leur désaccord, mais estimait que les grandes personnes doivent contenir leur ressentiment, surtout lorsqu'elles sont éprises l'une de l'autre.

Rémi crut comprendre que la discussion le concernait personnellement.

« Qu'ai-je donc fait qui nécessite autant de cris, pensa-t-il ? Mon comportement avec la maîtresse est impeccable. J'apprends les tables de multiplication et je peux réciter une ou deux fables de la Fontaine. »

Rémi tenta d'analyser les récriminations de son père, mais il ne comprenait pas pourquoi celui-ci disait qu'il était jaloux de lui ; oui, « lui », le petit garçon. Il n'y avait aucune raison pour que la jalousie s'installe entre eux ; entre un papa et son fils, que l'affection de la mère passe avant celle due à son époux.

-   Je ne veux pas de lui chez moi…
-   Mais c'est ton fils…
-   Ça, c'est à voir…
    Comment à voir ? C'est ton fils…

- Je n'en suis pas si sûr. Il a un père, qu'il aille chez
  lui.

Ce fut le heurt passionné de deux personnalités ; papa reprochant tant de choses à maman, et celle-ci lui criant de sensationnelles vociférations auxquelles il répondait en hurlant contre le sentiment maternel, par quoi la mère devenait une créature rudimentaire qui l'apparentait aux bêtes.

Le diapason de ces querelles monta au point qu'il se produisit une scène terrible où l'amour exaspéré de *Papa* prit l'apparence de la haine, où la voix douloureuse s'imprégna de cruauté, où les reproches furent injustes et odieux sous leur aspect d'implacable exactitude. Après s'être promise dans l'intégrité de son cœur par le mariage, Louise manquait au respect de la parole donnée, elle manquait à l'honneur et à l'amour.

Aux protestations éperdues de l'incriminée, *Papa* répliqua par des sarcasmes qui exprimaient une pitié méprisante et qui la défiaient insolemment de prouver sa tendresse réelle et sa probité de caractère. Les assertions frémissantes furent assenées de plus en plus près ; les visages se touchaient presque, les souffles lançaient leurs brûlures, si bien qu'à un moment, ce fut Louise qui, mordant, griffant, détestant, obligea *Papa* à répondre en fait à une mise en demeure rugissante. Rémi criait de toutes ses forces :

- Papa, maman, je vous aime ; que se passe-t-il ?
  Pourquoi tant de haine ? Je suis avec vous, je ferai
  mon possible de vous rabibocher. Nous sommes
  trois dans notre famille ; nous n'allons pas nous
  déchirer.

Rémi, petit enfant, tentait de réconcilier l'eau et le feu, tirant des arguments, défendant tantôt l'un, tantôt l'autre de ses parents, mais constatant que, au fur et à mesure que leur discussion avançait, la discorde s'installait dangereusement. Puis enfin, *Papa* se leva et quitta la pièce.

Rémi pleurait ; il avait cinq ans et parlait en adulte.

- Que se passe-t-il, maman ? Je te vois sage, assise dans le fauteuil, regarder les passants à la fenêtre, puis soudain, tu te lèves, tu vas de long en large dans le salon. Tu repasses à la fenêtre, le spectacle te fait monter le sang et je te vois serrer les poings.
- Ça ne te regarde pas, tu n'es qu'un enfant !

Mais un enfant qui comprend tout. (Puis, au bout de quelques secondes, l'enfant prenait l'ascendant et grondait sa mère :) Tu t'imagines que tu en retrouveras un autre comme celui-là ? Tu veux rompre ?

Elle refusait de répondre à son fils déjà homme.

Elle alla à la fenêtre et, baissant la voix comme craignant qu'on l'entende parler de *Papa* :

- Ecoute, je te donne ma parole que je n'ai rien fait pour que cette rupture ait lieu. Si j'avais été maîtresse des événements, je serais devenue la femme de Philippe. J'y étais décidée.
- Eh bien, alors ?
- Eh bien, c'est peut-être une chance pour moi, pour toi, pour nous tous que les choses ne se soient pas passées ainsi.
- Quand tu me prouveras ça ?
- Je te le prouverai peut-être plus tôt que tu ne crois.
- Raconte !

Rémi s'assit sur un coin du canapé et pria sa maman de s'installer à ses côtés. Elle se retourna pour voir si personne ne pouvait l'entendre et puis, baissant encore plus sa voix, qui n'arriva que comme un souffle à l'oreille du petit bonhomme :

- A la dernière minute, c'est lui qui n'a pas voulu. Je crois même qu'il avait deux amies en même temps, l'autre et moi.
- Tu te faisais promener sans t'en rendre compte ?
- Oui, j'étais une oie blanche.
- Et maintenant, tu ne l'es plus guère ?
- J'ai pris de l'âge et je comprends un peu plus vite que les autres. J'ai appris à me défendre depuis que j'ai pris tant de coups.
- Mais est-ce que tu vas mieux ?
- Je ne sais pas ; qu'en penses-tu ? demanda-t-elle à son bambin.
- Tout dépend de la façon dont tu mèneras ta barque. De toute façon, tu tentes le diable et le diable te jouera un mauvais tour.
- Peut-être. Au moins aurai-je perdu une belle partie.

Rémi regarda sa maman avec inquiétude.

- Maman, as-tu bien ton bon sens ?
- Est-ce que j'ai l'air de devenir folle ?
- Non, tu n'en as pas l'air. Mais tu m'inquiètes… *Papa* ne voulait t'offrir ni sa tendresse ni son temps.
- Peut-être, mais je crois que j'ai pu voir jusqu'au fond de son âme ; il était bon. Il l'est encore et il n'est pas trop tard de refaire ce qui n'a pu être fait il y a quelques années.
- Si j'ai bien compris, vous étiez bien ensemble.
- Oui, c'est ça !
- Et c'est lui qui t'a laissée tomber comme une nulle…
- C'est un peu ça, mais c'était pas sa faute… s'il était resté, on serait heureux.
- Tu aurais pu insister…

- Oui, bien sûr, mais je n'ai pas pu ! Voilà ! Parce que, à ce moment… (Sa voix devint métallique et tranchante une voix qu'elle ne faisait d'ordinaire entendre que lorsqu'elle répondait avec fermeté aux bêtises que Rémi faisait.) Parce que, à ce moment, j'étais assez bête pour garder le respect de la parole donnée, parce que je me figurais que tous les hommes ne sont pas sots et méchants, parce que j'avais une très belle et très ridicule amorce de générosité et de sacrifice, parce qu'enfin j'étais en train de faire des folies sentimentales.

Rémi roulait les yeux noirs à sa maman, qui, insensible à son regard, tentait de se délester de ses mauvaises pensées.

- Oui, ajouta-t-elle en riant d'un mauvais rire, tu aurais eu raison, à ce moment, de me demander si j'étais folle, et je crois qu'en effet je commençais à le devenir. Mais c'est passé, fini ! Vois-tu, papa, les sentiments, c'est bon pour celles qui n'ont pas leur fortune faite. Mais quand on veut être heureux, mieux vaut s'en débarrasser.

Rémi ne regardait plus sa maman avec inquiétude, mais avec un mélange de crainte et d'admiration.

« Quelle maman ! murmurait-il, une maman qui te promet des vieux jours confortables. Mais si volage, tellement irrésolue, inconsciente des problèmes, insouciante, gamine par moment ! »

- Tu sais, maman, je ne me mêle pas de toutes tes diplomaties.
- Tu as raison. Tu sais que je suis capable de m'en tirer toute seule.

- C'est ce qui m'inquiète. La première fois ça avait échoué et ton amoureux t'avait laissée tomber et là, tu le crois comme paroles d'évangile !
- Il m'aime !
- Mais papa aussi t'aime…
- Mais ce n'est pas pareil.
- Tu me fais peur. Tu te crois rudement forte, je ne sais si je dois te faire confiance.

Papa revint du salon ; il n'avait pas vidé son sac ; il regarda maman-Louise et lui dit, la voix basse :

- C'est fini nous deux, depuis le jour où tu m'as trompée…
- Ce n'est pas vrai, s'empressa-t-elle de dire. C'est toi qui as commencé avec Mathilde.
- Tu deviens mesquine, tout ça parce qu'elle était ton aide à la maison. Et toi de ton côté…

Je voyais que papa dénonçait pour mieux la trahir.

- Avec Philippe, au début, ce n'était pas sérieux. J'ai voulu l'embrasser. J'étais à genoux devant le fauteuil où il était assis. Et l'affaire s'est arrêtée là.

Papa qui ne décolérait pas, haussa le ton :

- Le nombre de fois que tu m'as rendu ton alliance… me disant que tu voulais partir.
- Mais c'était avant et c'est bien la preuve que Philippe n'y était pour rien. De toute façon c'est ta faute.
- Ma faute, ma faute, ça a toujours été ma faute, dit Papa. Tu as toujours aimé un autre, mais jamais le même.
- Si j'avais voulu, il y a assez de tes amis qui m'ont fait la cour et j'ai résisté.
- Pas toujours…

- Non, pas toujours. J'ai eu des faiblesses, mais je suis toujours revenue à la maison…
- Pour le gîte et le couvert, dit-il en lui coupant la parole.
- Oui, mais pas seulement. Il y a un peu de ma vie ici, il y a toi, il y a Rémi aussi. Là, je pars.

Et elle pensa aux grands voyages, de ceux-là qui ressemblent à des fugues ou à des évasions, mûries longuement au fond secret des cœurs. L'envie commence par les effleurer d'un souffle à peine perceptible. Partir n'importe où, très loin. On sourit de soi-même d'avoir pu formuler un souhait aussi aventureux. Mais le souhait est là, défini par les mots. Il vit, il palpite dans les âmes les plus sages, il devient suggestion que tout renforce, obsession que tout nourrit et précise. On caresse, malgré soi, des images d'horizons enchantés, on combine les itinéraires. On murmure : « C'est possible ! » Et le lendemain, on n'y tient plus, on part ! »

Elle eut un éclair dans ses yeux sombres et, résolument lui dit :

- Je ne peux que réussir et nous serons heureux tous les deux…
- Et si tu échoues ?
- Pourquoi veux-tu ? Il m'aime…
- Non, il le dit, mais est-il vraiment amoureux de toi ?
- Sûrement !
- Mais non, je ne veux pas être une victime collatérale de ta folie.

Il la regarda fixement pendant quelques instants, puis sans même apercevoir Rémi, il quitta la pièce.

Maman-Louise se tut et s'approcha de son fils, elle le prit dans les bras et le serra très fort. Elle enfonça le nez dans ses cheveux, et lui offrit le plus beau sourire qu'un enfant attend de sa maman.

- Mais je t'aime, mon fils. Tu ne crois pas que je vais courir dans une aventure boiteuse... Je suis une maman responsable.
- Mais papa ? Papa dans tout ça ? Pourquoi faut-il l'abandonner ? Il est gentil...
- Sans doute, mais pas assez. J'ai déjà goûté à tous ses délices, il ne me reste que les écorces et je préfère les mettre sur le tas de fumier.
- Maman, je ne comprends pas ...
- Cela est assez ! Demain, je passe voir papa lorsqu'il sera au bureau.

Rémi demeura muet quelques instants, puis s'en en être le maître, ses yeux se mirent à pleurer, de grosses larmes coulèrent sur ses joues et il devint tout rouge. Il savait qu'il avait fait son possible, que l'affaire était entre les mains des grandes personnes.

- Viens, lui dit-elle.
- Où ça, maman ?
- On n'a rien à faire ici...
- On est chez nous, maman...
- Non, on est chez lui. Il ne veut pas de nous, on est rien pour lui, autant dégager.

Depuis deux jours elle vivait, elle aussi, dans une fièvre continuelle. Les événements qui venaient de se produire l'avaient, comme on le pense, profondément bouleversée. Certes, s'il lui avait été possible de partir dès le premier jour elle eût vite entraîné son enfant loin de ce pays où elle était revenue pour son malheur. Mais l'état de malaise et de faiblesse dans lequel elle se trouvait ne lui avait pas permis de réaliser ce désir. Dès qu'elle tentait de se mettre debout, un vertige la prenait, les choses tournaient autour d'elle et elle devait bien vite laisser retomber sa tête sur l'oreiller.

Rémi sentait maman Louise épuisée, à cran ; elle concentrait dans cet effort toute sa volonté, toute son énergie. Elle parvint à se tenir debout, à faire quelques pas dans la chambre. Une lueur de satisfaction s'alluma alors au fond de ses grands yeux farouches où le bonheur depuis si longtemps ne brillait plus. Elle murmura :

- Je dois partir. Est-ce que je ne me rends pas compte par moi-même de ce que je puis faire ?
- En es-tu certaine ?
- Absolument !
- Bon débarras !
- Ce soir même. J'aurai la force d'accomplir ce voyage. (Elle ajouta :) Je suis sûre, nous serons mieux ailleurs.

Ah, comme elle avait hâte d'être loin, hors de ce cauchemar vivant qui depuis tant de jours l'enveloppait !

Les événements se précipitaient ; elle prit Rémi par la main et l'entraîna au garage où sa petite voiture dormait.

Chapitre 33

Le mercredi 22 mai 2002, à 14h
Rémi suivait maman-Louise. Elle faisait de grands pas et le garçonnet avait du mal à la rattraper ; il devait faire des pas en plus grand nombre ; il en vint à courir pour demeurer dans son sillage.
- Maman, attends-moi.
Elle n'avait qu'une seule idée en tête, faire rapidement sa valise et ne prendre que l'essentiel. Rémi nota qu'elle jetait en vrac ses vêtements sans égard pour les plis parfaits des jupes ou des robes. Elle referma vivement sa valise et la soupesa : elle se sentait capable de la déplacer en la faisant rouler, voire de la porter. Elle l'ouvrit, plaça quelques chandails et ajouta un roman policer qu'elle avait entamé. Lorsqu'elle s'estima prête, elle regarda son fils, soupira profondément et lui dit :
- On y va ?
Sans hésiter une seule seconde, Rémi sauta du fauteuil crapaud dans lequel il était installé et lui donna la main. Ils filèrent en direction du garage où attendait la petite Fiat.
Rémi nota qu'il partait sans vêtement de rechange ; il trouva la chose surprenante.
Maman Louise balança sa valise dans le coffre et installa son fils.
Elle referma la portière.
- Mais maman, tu ne m'as pas attaché.
- Tu es bien assez grand pour le faire tout seul.
- Mais je ne sais pas ; tu as toujours dit que c'était aux grandes personnes de le faire.
- Et j'avais raison, maintenant tu es une grande personne et tu peux te débrouiller tout seul.
- Et si je n'y arrive pas ?

- Tu commences à m'énerver.

Elle le fixa des yeux ; son regard glaçant refroidit les ardeurs de l'enfant. Enfin, elle pouvait s'occuper de sa voiture.

Elle lança le moteur.

Rémi étant parvenu à s'attacher, nota que maman-Louise n'était pas chaussée de ses lunettes de soleil et qu'elle ne réagissait même pas lorsque le voyant lumineux indiquait que la portière avait été mal fermée.

- Maman, le voyant…

Maman-Louise passait les vitesses sans même connaître la destination de leur voyage.

- On va où ?

Toujours pas de réponse.

- Maman, on va où ?
- Je ne sais pas !
- Maman, j'ai peur…
- De quoi ? répondit-elle machinalement.
- De toi ? Tu vas trop vite.
- Mais non, je suis prudente, dit-elle.
- Tu viens de rater le feu vert, tu es passée au rouge… maman, ralenti s'il te plaît.

Le garçonnet se mit à pleurer doucement, comme lorsqu'on gémit …

Rémi adulte, sur le bord de la route, voyait la voiture courir vers la mort, emportée par maman-Louise. Fou de douleur, il parvenait, on ne sait comment à se trouver tout contre Rémi enfant ; il soutenait la propre tête livide du bambin, et l'embrassait en pleurant à chaque pas.

La crise fut longue et douloureuse ; aussi longtemps que la conduite automobile de maman était périlleuse.

Le jour se levait lentement : un jour triste et gris, en harmonie avec la désolation intérieure. Une pluie fine et pénétrante tombait depuis plusieurs heures et semblait devoir durer toute la journée ; l'eau des gouttières clapotait sur les dalles avec une régularité monotone ; seuls, quelques moineaux pillards poussaient des cris confus.

Toutes sortes d'idées noires l'assaillaient. Il lui semblait qu'elle venait de voir Papa pour la dernière fois, et que chaque mètre qu'elle faisait l'enfonçait de plus en plus dans l'exil et dans la nuit. Elle n'osa point se retourner encore pour saluer d'un dernier regard ce qui semblait devoir être pour elle le passé. Une force mystérieuse la poussait irrésistiblement vers l'avenir inconnu, et qu'elle devinait sombre. Maman-Louise ne raisonnait plus. Elle ne se disait rien. Un désespoir sans cause apparente s'emparait d'elle et troublait littéralement sa raison. Un instant, elle eut la pensée de retourner chez Philippe et de se poignarder sous ses yeux s'il refusait d'accorder au mariage un consentement immédiat et s'il refusait de lui ouvrir les bras, s'en retourner chez *Papa*.

Mais maman, comme tous les ambitieux, comme tous ceux qui poursuivent un idéal, un amour, il n'y aura ni entassement, ni embarras. Maman l'exaltait à un très haut point, et presque jusqu'à la folie, et ne pouvait cependant conduire au suicide, car au fond de tous les désespoirs d'amour, il reste toujours un peu d'espérance.

Ces préoccupations l'absorbaient si complétement qu'elle allait continuer son chemin sans voir un petit vieillard à figure comique, planté tout au beau milieu de la route, appuyé sur une longue canne à pomme d'ivoire et cherchant vainement par une pantomime très expressive à attirer son attention. Rémi reconnut son vieil ami : le Passé.

-   Vous êtes fou ? dit maman après avoir un effectué un arrêt qui mit la voiture en travers de la chaussée.

Le petit vieillard fut obligé de la héler. Maman tressaillit et sortit la tête de la fenêtre.

-   Ah! Ah ! dit Rémi, c'est vous ?
-   Tu connais ? demanda maman.
-   Comme nous disons, nous autres personnages invisibles, répliqua d'une voix tout à la fois solennelle et acidulée, le vieux monsieur. Je passais voir si je pouvais être utile.
-   Oui, c'est un ami.
-   Alors tant pis, répondit Maman-Louise et elle enfonça l'accélérateur.

La voiture bondit sur l'asphalte en passant sur le vieillard. Rémi se retourna en criant comme un fou, mais fut rassuré de ne voir aucun cadavre sur la route.

La Fiat filait sur les routes serrées de la vallée de Chevreuse au sud de Paris, et prenait la direction de Gif-sur-Yvette en suivant les chemins accidentés de Meudon qui s'enroulaient comme un escargot.

On y découvrait par instant de fort beaux sites, puis tout disparaissait pour reparaître bientôt ; on croyait voir à ses pieds, un village et l'on en était très loin. A une des plus fortes rampes de ce parcours, une des roues de devant fut enrayée ; la voiture, en raison de la force acquise, se dressa, puis retomba par deux fois sur elle-même ; elle se trouva alors sens dessus dessous avec les voyageurs enchevêtrés sous elle. Maman qui n'était pas attachée se vit propulsée à quelques mètres de la voiture. Elle avait, outre les reins brisés, le ventre ouvert et les entrailles mises à nu. Elle expira dans l'après-midi, trois heures environ après t'accident. Le petit garçon, attaché à son siège ne reçut que des contusions sans grande gravité ;

relevé sans connaissance, il se réveilla au moment où maman Louise fermait les yeux. D'après les médecins, par on ne sait quel miracle, l'enfant ne se souvenait pas de ce qui venait de lui arriver.

Chapitre 34

Le Mardi 22 mai 2018 à 14h
Couché sur le lit, serein, souriant à ce qui lui restait de vie, Rémi nota que l'écran de son smartphone à ses côtés s'éclairait ; il vit l'image de Marie et aussitôt *Water Music* se fit entendre.
Fallait-il répondre ? Devait-il répondre ? Il laissa le son aigu de la musique noyer son calme désormais perdu. Quelques larmes coulèrent sur sa joue. Irrésolu, il hésita, se posa mille questions ; se sentant faiblir, il banda ses muscles pour se donner du courage : il n'était pas question de remettre à plus tard ce voyage si bien organisé ; sa mère l'attendait. Peu de temps fut nécessaire pour reprendre toutes ses idées, il se saisit à nouveau des ciseaux pour les enfoncer jusqu'à la garde dans sa poitrine.

Il était au milieu de cette paix chèrement trouvée, de cette sérénité, de ce calme du ciel et de la terre, qui vous repose du chaos de la vie, il allait rentrer dans le bruit, s'engouffrer de nouveau dans l'enfer. Il l'avait quitté, il l'avait fui et croyait que cela ne devait jamais finir. C'était fini pourtant et l'enfer n'avait point lâché sa proie !
Après la lourde brume et la pluie obstinée, voici le soleil, le soleil frais du printemps. De son lit, à travers la fenêtre, il apercevait dans le lointain la flèche fine, légère comme un mât sur la nappe bleue d'un ciel frais d'aquarelle. Le calme allègre du ciel régnera-t-il dans son esprit ?
Le cœur a de ces cordes qui ne s'éveillent et ne vibrent qu'à certaines heures de la vie. Cet appel de Marie, le clocher dans le ciel bleu, eurent un écho puissant qu'il décela. Il se surprit à pleurer. Il se retint de tomber dans

la mélancolie. Il s'efforça de dérober à sa mère, qu'il croyait à ses côtés, le suprême effort qu'il faisait pour se composer un visage calme, mais il était ému.

- Non maman, je vais bien, dit-il.

Il crut entendre une réponse. Pendant qu'elle parlait, Rémi la considérait attentivement. Derrière cette sérénité apparente, il devina bientôt une douleur sourde, profonde, que trahissait un frémissement imperceptible des lèvres. Il s'agenouilla et tenta de prendre les mains de sa maman dans les siennes.

- Maman, je t'aime…

Pour la foule et les curieux qui ne voient que la superficie des choses, pour les gens nerveux et impressionnables auxquels leur nature ne permet aucune appréciation raisonnée des faits qui les émeuvent trop vivement, Rémi n'était qu'un garçon fragile comme tant d'autres. Pour quelques-uns, au contraire, c'était un fou, et ils en donnaient comme preuves certaines, qu'on ne quitte pas la vie, cette si belle vie, alors que nous ne savons pas ce qui nous attend au-delà. Un homme doué de toute sa raison, disent ces derniers, se serait plus intelligemment préoccupé des moyens de réussir et d'échapper à la tristesse.

« Pourtant, je ne suis ni fou, ni imbécile, se dit-il. Je ne suis pas un imbécile, mes études, mes recherches l'attestent. Je ne suis pas un fou, car je suis calme, posé, réfléchi, en possession complète de ma volonté, et mes idées s'enchaînent avec un ordre parfait. Enfin, je raisonne avec une égale lucidité sur tous les sujets qui sont soumis à mon jugement. Je ne suis donc pas un enfant vicié par les excès de tout genre, gâté par ses parents, ni un fou furieux ».

Toutefois, il avait une idée fixe : elle passait par-dessus les autres. Son cerveau était devenu le siège d'une seule pensée, incessamment caressée, cette idée unique qui finissait, non pas par absorber ses facultés ou les faire disparaître, ce serait alors la folie, mais par les dénaturer en les faisant converger toutes vers le même but.

Mille pensées passèrent fiévreusement dans son esprit tourmenté.

« Je ne sais pas ce qui s'est passé. Sans bien m'en rendre compte, un premier pas a été franchi. La pensée maudite allait maintenant s'étendre en maîtresse souveraine dans mon cerveau qui ne l'a pas repoussée lorsqu'elle s'y est glissée, et semblable à l'ivraie qui couvre si rapidement toute l'étendue d'un champ dont un sillon seul lui a donné asile, l'idée fixe y a tout envahi. Je ne sais plus où j'en suis. Rien ne peut m'arrêter, ni les larmes, ni les cris. Chaque petite victoire mène à la grande gloire, à mon voyage. Si je ne pars pas aujourd'hui, je m'y reprendrai une prochaine fois. Je ne suis pas à une semaine près ».

Rémi fit un geste brusque comme pour repousser cette pensée obsédante. Au dernier moment, la pointe n'avait pas effleuré sa peau qu'il la lançait contre le mur. Il appuya sur la touche de son téléphone et dit :

- Allo ! Oui, Marie…

Maman, je t'aime.

Demain dès l'aube, à l'heure où blanchit la campagne,
Je partirai. Vois-tu, je sais que tu m'attends.
J'irai par la forêt, j'irai par la montagne
Je ne puis demeurer loin de toi plus longtemps.

Je marcherai les yeux fixés sur mes pensées,
Sans rien voir au dehors, sans entendre aucun bruit,
Seul, inconnu, le dos courbé, les mains croisées,
Triste, et le jour pour moi sera comme la nuit.

Je ne regarderai ni l'or du soir qui tombe,
Ni les voiles au loin descendant Honfleur
Et quand j'arriverai je mettrai sur ta tombe
Un bouquet de houx vert et de bruyère en fleur.

Victor Hugo Extraits du recueil « *Les Contemplations* »
1856

Je remercie tous les lecteurs qui m'ont encouragé lors de l'écriture de ce roman publié d'abord sous forme de feuilleton et tout particulièrement Catherine Mariuzzo qui a débusqué lors de sa lecture, les coquilles qui m'avaient échappé.

DU MEME AUTEUR

Sport et physique, Ellipses, *2002*
L'attraction, EDP Sciences, *2002*
La gravitation, Ellipses, *2002*
Musique et physique, Ellipses, 2002
Espace et temps, Ellipses, 2002
Archimède, bien avant la baignoire, La Bruyère, 2013
Le Galoupiot de Sancerre, 2014
La physique, 250 expériences, KDP, 2014
L'homme aux yeux de fille, Marivole, 2015
Faux semblants, Marivole, 2015
Léocadie Lepic, marraine de guerre, Marivole 2016
Le Galoupiot, Marivole 2016
Mado, retour de l'enfer, Marivole 2017
L'étrange village de monsieur Labiche, Marivole 2017
Pisseur au vent, Marivole 2014, de Borée 2018
Paradoxes en physique, Ellipses 2018
Sport et biomécanique, KDP 2018
L'Arménienne, un passé sans sépulture, KDP 2018
Gayané l'Arménienne, KDP 2018
La deuxième chance de Lili, de Borée 2018

SCZ1
chzananiri@gmail.com